U0032903

陳名珉——著
許匡匡——插畫

目錄

後記

1 我媽說，單身令人蒙羞

我是在沒有準備下收到老媽再婚的消息，雖然心裡早就有數，但事實發生的時候，心情還是複雜的。

訊息透過 Line 發過來，只有四個字：我結婚了。乾脆俐落，典型我媽的個人特色——在眞正重要的事情上，只講結論。

幾分鐘後，她又傳來下一段訊息：寄冬天衣服給我。另外附上了一串英文地址，位置是澳洲珀斯（Perth）附近的一座小鎮。

我對珀斯的認知非常淺薄，Wiki 上說它是澳洲西岸的城市，地中海型氣候。Google 搜尋出來的城市風景，花木扶疏，整潔美麗。

但按照我媽先前的描述，她住的小鎮地處沙漠之間，距離市區還要開上幾個小時的車程。

說是城鎮，但鎮上人口稀少，只有一間什麼都賣的小超市。她和她的男友「澳洲阿伯」把露營車停在鎮外的露營地裡，接上水電，就是一個家。

我媽對當地的形容，大多都與野生昆蟲或動物有關，譬如說沼澤地裡的蒼蠅長得很肥大，飛起來一片一片，既壯觀又嚇人。

「半夜聽見狼在營地外嚎叫，聲音很近很近。」她說，語氣裡有幾分得意。

聽她敘述，我不覺得浪漫，只覺得荒謬。因爲就在一年多以前，她還住在臺北的電梯住宅裡，社區有二十四小時保全，走出大樓三分鐘內就有數間超商、一間超市、一整條街的小吃餐廳，不遠處還有國小、國中、高中和一間大型醫院，公車從她家巷口而過，離捷運站也不遠。

捨棄方便的都市生活去荒山野嶺之地，住在露營車裡生活，放在二、三十歲的年輕人，我或許會羨慕地說：「喔，眞是浪漫！」但一個六十多歲的歐巴桑這麼幹，我只能說：「神經病！誰去把她帶回來啊？」

但事實是，作爲她的女兒，我也沒辦法把這個歐巴桑帶回來。

事實上，就在幾週前，在她第三次啓程前往澳洲的前一晚，我們才在電話裡火爆大吵了一架。

和你想的絕對不一樣，那場爭吵的主題，並不是我要求她留下來而她堅持要走，是她主動挑起戰火來攻擊我！

大半夜的，她忽然打電話過來，語氣不善地問我：「妳知道爲什麼我要嫁到澳洲去嗎？」

在講述我如何回應之前，得先說說我是怎麼樣的一個人。

我曾經是一個作者，學生時代出過幾本小說，大學畢業後拿到教師證書，短暫地在國中和高中裡教過國文，但很快就意識到，站在講臺上講課、督促學生好好讀書的生活，雖然穩定，但不適合我。

我是那種年輕的時候抱著不切實際的夢想，燃燒青春燃燒愛，還燃燒靈魂和燃燒自我，自以爲在夢想的道路上奔馳，等到年華老大才忽然發現，原來自己只是個作了一場大夢的傻蛋。總之，回首當年的決定，雖然從沒後悔離開教職，但也沒料到離開之後，日子會這麼不好過。

一直到三十歲之前，我都一相情願地認爲，自己只是「插入方式」不對——不是我不夠好，是適應這個世界的方法不太好——年輕的我，滿以爲可以靠出書過日子，但很快發現收入遠遠趕不上支出。於是轉行，做過好些不同的工作，有些賺錢，有些只能勉強餬口，還有些連餬口都很難……總之，有很長的一段時間，我都在左支右絀、挖東牆補西牆中度過。

年輕的我可能罹患一種賊心不死的病，每次好不容易經濟穩定、生活安定下來，那顆寫作的心就又會熊熊燃燒。花幾年時間攢一點錢、辭職回家、寫上一、兩本書……然後在彈盡援絕時又認命回到職場，成了我的無盡輪迴。

這樣的生活看起來自由，但也非常危險。多數時候，我都活在捉襟見肘、青黃不接的狀況，整天追逐著錢奔跑。

但我總把窘迫視爲追逐夢想的浪漫，對於旁人的安定不屑一顧，始終相信自己擁有天分——只是缺了點天時地利的機會——願意用手邊擁有的一切去換取能夠發光發熱的可能，哪怕只有一瞬的徹底燃燒，也毫不在乎。

三十歲前後，人生遭遇重創，墜入谷底。才忽然意識到這些年過得多麼荒唐，也受夠了沒有錢萬萬不能的生活，開始渴望年輕時所不屑的安定。

後來我在某個名頭響亮的半公家單位裡找到一份工作，認命成為一顆螺絲釘，有了一個可以印在名片上的頭銜，過起了朝九晚六的生活。放下關於夢想方面的種種妄想，埋首工作，翻書、整理資料、製作大量表格，按照格式寫簽呈和報告，把時間花在帳單的報銷和應付成天說漂亮話吹牛的主管上。

無論如何，我有了一份工作，每個月有一筆看起來頗過得去的薪水，在支付每一筆開銷的同時，說服自己不要懷疑人生。

和許多上班族一樣，在一整個白天地消耗生命之後，到了晚上，我筋疲力盡、恍恍惚惚回家，就像燃燒後剩下的殘渣。所以，在這種時候，突然接到老媽語帶挑釁的電話質問時，我的反應與其說是錯愕，不如說是迷惑。

我不知道她為什麼質問我遠嫁的理由，因為決定嫁到澳洲的人，是她，又不是我。

爸在五十一歲那年因為心臟病突發過世。他走了以後，老媽守寡十多年。這十幾年來，我是她關係緊密但行動疏離的旅伴。我們吵吵鬧鬧，有時還會上演推推打打的戲碼，但無論如何，一路同行。我看著她從有夫之婦變成單身女性、看著她的生活從混亂逐漸穩定……原以爲會一路走到底，但她卻突然自己決定改變方向，另外找了個伴，頭也不回地揚長而去，彷彿把我踹開一樣。我不想承認失落，但眞的有點不太好受。

別人家的孩子碰到這種事情會怎麼樣？我不知道，也沒有前例可循，但我對她決定再婚很不安。在這個階段，我磨爛嘴皮，進行了沒有八千次也有一萬次的各種說服。

我說：「媽，妳上一次談戀愛，對象是老爸，距今超過三十年了！這三十年來，世界改變很多。你們那個年代，愛情是天長地久的事情，但現在這個時代，愛情就是速食，人來來去去，合則來，不合則去。更何況你跟對方是透過網路認識的，這種戀愛燒起來很容易，但滅掉也是瞬間的事。媽，愛情本質上是個幻覺啊！尤其在網路上，陌生人容易對彼此產生幻想。妳根本不了解對方，愛上的可能是自己對婚姻的憧憬和想像。你們又是異國戀，文化差距這麼大，又有語言隔閡，兩人眞能溝通？怎麼能說結婚就結婚？我覺得，妳還是想想清楚比較好。」

我媽這個人是經不起質疑的。她雙手一揮，理直氣壯地反駁：「怎麼不了解啦？怎麼會是幻想呢？我跟他同居半年啦，我們相處得很好，沒有隔閡！」

「半年算什麼！很多人結婚好幾年後才慢慢認清事實，冷靜下來，然後悔不當初，否則怎麼會有七年之癢呢？你們現在還算熱戀期，等到後面清醒過來，說不定就會後悔。」

老媽非常認同，「所以說啦，結婚之類的事情，必須要趁著昏頭的時候趕緊辦了，否則等到清醒過來，就什麼都沒了。」

我差點咬到舌頭，說：「……妳、妳這都什麼胡說八道啊？婚姻大事，豈可糊塗？」媽用那種教育無知孩童的口吻，語重心長地對我說：「唉，妳這個人有個毛病，該想的不想，不該想的又想太多，還活得太認眞，老想把什麼事情都弄清楚再做。妳給我聽好了！人生哪，大多數時候都是迷迷糊糊的。糊塗時做的決定，搞不好才是正確的決定。」

我氣到想笑，「但如果結果是錯誤的呢？」

她不以爲意地說：「那就等清醒之後再收拾殘局啊。大不了就離婚嘛！我是沒什麼離婚經驗啦，必要的話經歷一次也行。人哪，就是不斷地歷練，不斷地增長智慧啊。」

我說、我說、我說……老實說，我也說不出什麼話。她都放出不惜離婚的大絕了，我還能講什麼？

每次對談到了這種地步，我都仰頭望天，想著該怎樣才能把老媽給栓起來綑起來關起來又能不犯法的可能性，但無論怎麼想，結果都是一樣的——我阻擋不了她。

最後我什麼話也沒能說出口，因爲媽已經厭煩了。她這個人沒什麼耐性，能和我對談上半個小時沒連吼帶叫爆出各種意氣用事的字眼，已經算得上相當有理智。而當老媽喪失耐性的時候，她就會快速幼稚化、幼兒化和瓊瑤化。

就像現在這樣——

她衝我嚷嚷：「好啦好啦！妳不要再多說了！成天嘮嘮叨叨的，煩不煩人？我告訴妳，我已經想清楚了，我要嫁給這個人，要搬到澳洲去，這是我的事情，我做了決定。我都已經跟人家說好了，妳講什麼都沒有用。我不想聽！我不想聽！我不想聽！」不是有那麼一句老話嗎？「天要下雨，娘要嫁人，無法可治。」

我知道，自己是治不了老媽了，但也不想就此屈服，贊成她的決定，只好摸摸鼻子退開，讓一切順其自然。

討論結束後的第二天，她買了一只大行李箱，白底紫花，顏色浪漫，足以讓少女心噴發。同場加映，又添購了一副超大的明星墨鏡、一身豹紋洋裝和花樣複雜的羅馬鞋與相應的寬邊緞帶大草帽……整套搭起來，好像是哪個國際女明星要去南方島嶼度假。

她穿著這一身自稱「戰鬥裝」的行頭，甩著刻意留長燙捲的大波浪髮型，推著行李箱在客廳裡走來走去，反覆練習著怎樣單手拿下墨鏡，回眸一笑的姿態時，我和妹妹都很安靜。

很難用文字形容，一個六十多歲的阿婆硬要打扮成十六歲的樣子。不過我得承認，除了皮膚黃了、臉上有點皺紋，我媽打扮起來還頗有點姿色，談不上美魔女，但也絕不是個老怪物。

果然人要衣裝啊！看著她這一身，很難想像，平時在家她總是蠟黃著臉，踩著塑膠拖鞋啪嗒啪嗒滿屋子跑的樣子。

正想著，妹妹輕輕推了我一把，低聲問：「姊，妳不說點什麼嗎？」

我反問：「說什麼？」

她說：「阻止她啊！難道就讓媽這樣去澳洲嗎？」

我說：「我能阻止正常人，但能阻止瘋子嗎？」停頓一下，嘆了口氣，「唉，算了，能看上她的人，大概也沒有多正常，就讓他們相愛相殺去吧。」

妹妹擔憂地問：「妳說，她會不會給人騙了啊？」

我發自內心眞誠地回答：「誰騙誰還不知道，搞不好對方才是受害者呢！」

總之，老媽有計畫地整頓一切，收拾行李、打包運送的東西，一一交代家裡瑣事，爲遠行做準備。就在我以爲她一切就緒，即將奔赴遠方落實追愛夢時，她卻在臨出門的前一晚打電話過來，沒頭沒腦地拋出問題，語氣不善地質問我，爲什麼？

電話那一頭，老媽的口氣又直又兇，帶著幾分醞釀著要發作的味道，那種感覺我太熟悉了，就像她抓到了把柄，準備興師問罪一樣。

我試圖跟上她的節奏，反問：「爲什麼問我這個問題？這不是妳做的決定嗎？妳不是說，妳想再婚，要跟他在一起。妳說我講什麼都沒有用，你們都已經講好了。還說妳不想聽勸說……這不都是妳說過的話，怎麼現在回過頭來問我爲什麼？我說，妳是不是腦子有問題？是不是失智啊？」

說到後來，我忽然激動，甚至有點動氣。說不上來為什麼，我心裡其實並不好受，不是因為擔心她遠行，而是有一種落單的感覺。

我忽然想起那些她晾晒在浴室或後陽臺，穿到泛黃且喪失彈性的老舊內衣褲，還有平時邋遢的穿著，那些褪色的破T恤、皺巴巴的長短褲……為了配合這一身全新裝扮，那些像梅干菜一樣的舊衣破褲，一定都扔了吧？就像我和妹妹一樣，都是她在追尋下一場眞愛的過程中，必須排除在外的雜物。

可能是因為我的反應激烈，還拿她說過的話去堵她，老媽一時間竟然沒能立刻接話。電話裡一陣靜默，我聽見自己呼呼喘氣的聲音，暴躁、毫不理智。

這種劍拔弩張的氣氛，在我和我媽來說，並不稀罕。我們的溝通向來如此，冷言冷語、吼叫爭吵是常態。理性坐下來好好討論分析、溫聲款語的溝通，才是不正常。

誠實地說，我並不是一個能夠受氣的人，但人在江湖飄，難免要挨刀，人入中年，也曾在荊棘叢中狠摔過幾次。年少時如何氣焰洶洶，今日就怎樣低調隱忍，即使心裡有些不舒服，但行走江湖，對著外人，我收斂情緒，不輕易動怒。

可是一回到家來，對上我媽，事情就不一樣了。我立馬成為不受控的易爆彈，脾氣說來就來，說炸就炸。

對著我媽，我什麼話都能說得出口，但走出門去對著外人，人就烏龜了。

媽一再指責我是「在家一條龍，出外一條蟲」，說我是個雙面人。只要她這麼講，我就憤怒，火燒得更旺，總能找出一大堆理由反駁她，諸如「跟不講理的人講理，我傻嗎？」「妳這麼野蠻，我跟妳客氣，怎麼死的都不知道」……但不管怎麼說，我心裡其實清楚，自己確實是個雙面人。

對媽媽和對外人，我的態度是不一樣的。

也不是看輕她或欺負她，只是……對身邊親近的人，我沒有對外人那麼有耐性。是，我就是一隻只能在家裡橫的活刺蝟。

但憤怒只是一時的。回想起往日老媽對我的諸多指責，忽然記起這些年來我始終忙於追逐自己的夢想、忽略她的感受……我們住得那麼近，但實際上，眞正坐下來一起吃飯的機會並不多。

我總覺得老媽很煩，她嘮嘮叨叨、胡言亂語，無論說什麼，理都是她的理，話都是隨便說。她挑三揀四、不按牌理出牌，總是那麼不好相處……我一直覺得，她離慈母的形象無比遙遠。

這位老太太絕不是那種電視電影裡會出現，爲了子女委屈隱忍，溫柔、慈愛、含笑相待的慈母，她是個意志堅定、態度蠻橫甚至嚴重不講理的潑辣歐巴桑，越老越糊塗、越老越任性，還有點瘋瘋癲癲的。但無論怎樣，她都是我媽，生我養我，一天不漏地跟著我一路吵架長大。

在此之前，我一直以爲，她會永遠生活在我身邊——即使不住同一個屋簷下，也離我不遠——以旅伴來說，我已經做好了要跟著她一路對戰到人生盡頭的心理準備。

但我認命，她卻不認命，半路落跑。

這種感覺很複雜，我看著她跳到另外一艘船上去，前途茫茫。

在這個世界上，很多事情我都能幫她，但想要活得幸福，只能各自努力。

愛情和婚姻都是說來容易做起來難的事。作爲女兒，這些年來，我旁觀者清地看著她開啓和結束一段又一段的戀愛。她受過傷，很多很多次傷，有時我甚至會爲她遭遇的事情感覺無奈和憤怒。

沮喪的時候，我會提出一些看似荒謬的主意，例如，「媽，妳要不要出家啊？」

我媽一驚，反問：「爲什麼？」

「出家人六根清靜，沒有感情問題。」

我媽想了想，說：「但我六根不清淨，怎麼能出家呢？我想談戀愛，也想找對象。我總不能出家之後找個和尚在一起吧？那都成什麼啦！」

是，她就是那種能把自己想要什麼放在嘴上，不覺得羞愧的老太太。

但談戀愛這種事，無論在什麼年齡，都要費心力。開啓一段感情需要勇氣，結束一段感情也需要決心。要把戀愛落實到婚姻，難度更高。

有時候我會想，換我是她，到了六十歲，還能這樣一而再、再而三地展開與結束感情？我有勇氣為了虛無飄渺的感情，拋下習慣而安定的生活，去遙遠的異國展開新生活？

我覺得我沒有，但老媽有。就衝這一點，其實我佩服她。

我有點明白她為什麼這個時候打電話來，丟下這樣不客氣的問題了。人在面臨大事的時候，即使心裡有了定論，但到最後關頭，難免自疑：這決定是對的嗎？我沒做錯選擇吧？快來個人告訴我呀！

人就是這麼機車的動物，即使心中已有答案，但還是希望能從別人那裡得到認同和鼓勵。我想，老媽顯然是來找認同了！

所以，她並沒有像表面上那樣從容不迫，心裡還是有些惴惴不安的吧？

意識到這一點，我莫名湧出幾分心安。在關鍵時刻，老媽會想尋求認同的人，還是我！我想，在她心底，我總是不一樣的。

深呼吸一口氣，我放下了得失心與戰鬥心，也放緩了語氣，想要對她說些溫暖好聽的話。

我想說：「這把年紀還這麼瘋，妳也挺了不起的。」

我想說：「別擔心家裡，我們都大了。」

我想說：「妳把自己照顧好就行了，用不著管別的！」

我也想說：「妳要過得幸福啊！」

我更想說：「媽，無論到了怎樣的時候，都別忘記了，妳是我媽，這裡是妳家。在外頭要是有什麼不順心的，隨時回家……」

這些話在我心底醞釀了一下，每個字眼都很熟悉。因爲在成長的過程中，我無數次從老爸的口中聽到同樣的言語。世道輪轉，怎麼也沒想到，有一天會輪到我來說這些。

我有一種隱密地成長的喜悅。

但無論怎樣醞釀，最後，這些話都沒能從我口中說出。

因爲老媽搶先說了話。

她語氣陰沉，態度不善，聲音從話筒那頭傳來，帶著一股數落和嫌棄的味道。

她說：「我不是因爲自己想要，才決定去澳洲的。我是被妳們逼得走頭無路，才選擇了再婚……」

這突兀荒謬的表白打斷了我所有思路，那些迴盪在心底呼之欲出的好言好語與溫暖溫柔，瞬間煙消雲散。彷彿當胸挨了一拳，一股熟悉的不舒服的感覺一擁而上，雖然沒有看到火焰，但已經聞得到煙硝味了。

電話那頭，媽還在滔滔不絕地指責，「……都是妳們的錯！是妳們害我不得不嫁到澳洲去！妳和妳妹妹讓我丟盡了臉，害我沒有顏面在臺灣生活下去！」

據說這個世界上，最了解你的人也傷你最深。如果此言爲眞，那麼這世上最能傷害我的人，沒有別人，絕對是我媽。

我跟我媽的關係，從小到大都是不和諧的。

我羨慕那些能把慈母文章寫得絲絲入扣的作家，羨慕朋友們談到與母親之間親密親暱的感情，因爲與之相比，我和我媽的關係非常詭異，充滿矛盾、衝突、戰爭、吼叫、攻擊、冷嘲熱諷和各種神補刀。

我們是親人，一定會互相關心，但媽這個人有一種奇異的天性，即使是關心，也不能正常表達，就算是好話，她也得夾槍帶棒地說。

譬如說我生病了，她不會安慰，「怎麼著涼了？不是讓妳多加一件衣服？趕快去看醫生吧！好好休息，把病養好。」

她永遠都是說：「咳咳咳，妳怎麼不咳死呢？長這麼大了連照顧自己這點小事都做不好，妳還能做什麼？成天給人找麻煩，是想累死別人啊？」

我在外頭如果做錯了什麼事或吃虧受欺侮讓她知道了，她從來不會說：「沒事了，別放在心上。不要害怕，勇敢點，我們再試一次。」

她只會說：「妳這個廢物，一事無成，沒有出息，我早就知道妳沒用。」

我媽說這些話不是故意背後捅刀，按她的說法，她是發自內心地有話直說。

她總說：「我不這樣講，妳會改嗎？憑什麼我得對妳說好話？妳在外頭，別人也總給妳好話聽嗎？那麼愛聽好話，妳就不應該生在這個家。」

我以前眞能為這種話氣得嘔血，再長大一點，我就學會了牙尖嘴利地反唇相譏。

我說：「妳到底是我的家人還是外人？我在外頭難受，不需要在家裡也受試煉！妳說的那些話再難聽對我都沒有意義，妳對我來說是個沒有意義的人！」

有些道理其實很明白，就看能不能想通。我花了許多年時間，人近中年，才慢慢理解：有些人，天生如此，這是她當媽媽的方式。我媽就不是那種能把愛啊、關心啊、心疼啊這些柔軟的話放在嘴上說的母親，她也學不會。她心裡或許未必這麼想，但總是用同一個聲道發出聲音，雜音刺耳，令人痛苦。

我媽的愛，一直是有稜有角，全副武裝的。

長久如此，我練成了一顆內軟外硬的心。

鐵石心腸是不可能自然生成的，但我能裝得鐵石心腸。每次被媽攻擊的時候，或是她稍微顯露出攻擊的姿態，我就立刻進入備戰狀態。

備戰狀態的守則只有一條：妳對我狠，我對妳更狠。

所以，此時此刻，在我媽開始發難、大聲數落，推卸責任地指責我害她不得不遠嫁的時候，我那股熟悉的拗脾氣就浮出水面了。什麼寬容啊、同情啊、同理啊、感傷啊之類的情緒統統消失殆盡。

我咬著牙齒，一字一字地問：「所以，現在妳是想把責任統統推到我們身上來了？」

電話那頭，老媽氣呼呼地喊：「本來就是妳們的錯！妳和妳妹妹，到了這個年紀，不結婚、不成家，連個男人都沒有。看來是打算一輩子清湯寡水地過了！妳知道妳幾歲了嗎？妳知道妳已經不年輕了嗎？妳知道我那些同學朋友都在問，說妳那個女兒到底怎麼回事，是不是哪裡有病，怎麼不結婚也不生孩子？妳知道我每次都被問得回答不出來？我都為妳羞！」

我幾乎是獰笑著說話，我說：「我的事要別人多嘴？妳和妳那些三姑六婆算什麼東西，成天正事不幹，賣弄嘴皮。我告訴妳，我的生活想怎麼過就怎麼過。妳羞什麼羞？妳以為我會在乎妳的感覺嗎？」

媽說：「妳當然不在乎，妳心裡只有妳自己。妳是最自私的人！我怎麼養了妳這樣的傢伙？妳爸要是還活著，他也會覺得丟人！妳對不起我，也對不起妳爸！我們費多少力氣把妳拉拔長大，給妳的都是最好的，妳卻長成了這樣！妳爸真可憐！妳辜負了他，妳懂不懂？妳是個廢物，妳懂不懂？活到這把年紀還一無所有！妳就是個垃圾！」

在憤怒的時候，我媽總是會發出比平常刺耳許多倍的噪音。而人心都是肉長的，即使能夠偽裝得鐵石心腸，但血肉之軀，做不到刀槍不入。更何況，每個人心底都有一些絕不能觸碰的禁忌與底線。我此生最大弱點是過世的父親，誰說我辜負老爸——尤其那個人還是我媽——我就要發狂。

但母女大戰就是這樣，正因爲彼此理解，所以直觸底線。

我被媽戳得發瘋，怒火熊熊燃燒，理智啊、倫常什麼都沒了，我瞬間就是個不折不扣的神經病了！

我衝著電話那頭咆哮：「妳放屁！妳給我住口！有妳這樣的媽，我才覺得他媽的丟人呢！七老八十了，趕著非嫁人不可，別人問起這事，我窘得說不出口！老爸走了以後，妳東一場戀愛西一場戀愛，男人一個換過一個，妳說，妳是不是得了沒有男人就會死的病？是不是？妳在外頭惹是生非，在家裡狐假虎威，還敢說我讓妳丟人？妳才讓我丟人呢！妳幹得好事可多了，眞要我掀開來說？要嫁就嫁，要滾就滾，有多遠滾多遠，少在老娘面前嘰嘰歪歪，擺一副高高在上的聖女樣，什麼事情都別人不對，妳最對，一切都是別人不好，妳最好！妳摸摸良心問自己，妳算什麼好東西？我告訴妳，自己的決定自己負責，愛嫁不嫁悉聽尊便，都跟我無關！反正嫁給誰妳都不會珍惜，我爸就是做牛做馬養家活口被妳活活折騰死的！妳弄死一個換一個，蜘蛛精、夜叉女……妳、妳、妳這個……」

我想找一個最最尖利刻薄的詞彙，去總結我媽這個人在我心中的形象，但我是嘴巴比腦子快的人，腦袋還在轉，一句話已經脫口而出，我罵：「……妳這個賤貨！」

此言一出，連我都被自己給嚇到了，一下子收住聲，場面尷尬至極。

從小到大，我倆爭吵無數，幾次甚至弄到失控動武的程度，但我從沒想過用這樣的詞語形容她。

以往爭吵，都是母女的戰爭，但這一次味道似乎有點變了。我恍惚中覺得，自己不是在跟媽媽吵架，與我爭執的，是一個女人。

「但母親也是女人呀……」這個念頭在我腦海中一閃而過，可是我沒能細想。

電話那頭的老媽顯然與平常不同，以前我們口角爭吵，總是妳罵我、我罵妳，互相數落、互揭瘡疤，到最後以我忍無可忍狂摔電話做爲結束。但這一次，媽沒有快速還擊，她異常沉默，而且沉默良久。安靜中藏著一股隱隱約約令人不安的味道。

有一瞬間我心慌意亂、心懷愧疚。我想道歉，想把那句該死的用詞收回來，但那也就是幾秒鐘的衝動，很快我就不這麼想了。

我覺得，這是關鍵時候，我可不能輸。

我覺得，要是在這裡服軟，我是廢物的罪名就坐實了。

我覺得，要是在這裡認輸，我媽將會咬著「是妳害我再婚」的論點，一輩子攻擊我。

我覺得……蒼天啊，莫名其妙，冤死我了！

到底是爲什麼呢？在這通電話之前，一切不都好好的嗎？

我雖然勸她理智行事，但也只是道義上的勸導，她那些老同學、老同事，哪個沒有說過這些？我還是最點到爲止的人了。

我沒有蠻不講理地強硬勸阻，更沒有一哭二鬧三上吊的威脅逼迫（這種行爲我也做不到），到頭來，我不是退到一邊隨她去嗎？她到底有什麼好不高興的呢？

她交代的那些瑣事，我和妹妹都答應下了，爲什麼到了這個時候，她卻突然跑來刁難我？

難道眞就像她說的，再婚都是我們的錯？是女兒們的單身使她蒙羞？讓她無顏抬頭？

但我們這一代單身女性實在太多了，我身邊的朋友和同事，超過半數沒有結婚、沒有孩子，很多人都像我一樣沒有結婚的打算。我們都過相似的生活，可是沒有哪個人的父母會用這種方式責備女兒丢臉啊！

是，在這以前，我媽也曾對我的單身生活抱怨過幾次，但那都是嘴巴上唸唸而已。焦慮的時候，她曾說要給我介紹相親對象，但對此我敬謝不敏，她也不了了之。

我的單身是個人深思後的決定。我喜歡獨居，喜歡安靜。下班回家後，不喜歡跟任何人說話，也不想聽見誰跟我說話。我跟貓咪一起生活，讀書、上網，偶爾聽點音樂，電視太吵太干擾，我不想要。

事實上，更多時候我在家裡加班，趕著工作進度。生兒育女什麼的，我沒有能力，也無法善盡親職。基於對社會負責的心態，我決定單身，並且過得很愉快。

這樣的決定，老媽不是不知道的。當我明確地告訴她「單身比較好」的時候，她有些難以理解。她的想法傳統而奇妙，總覺得結婚是解脫經濟壓力的最好方式。

她跟我說：「嫁人之後，妳就可以不工作了，不用過那麼辛苦。」

我說：「那麼，誰來賺錢呢？」

「當然是老公啊！」

我說：「可是，媽，你有沒有想過，現在能像老爸那樣，一個人賺錢養活全家的人很少了。」

我媽點頭，「所以，妳要找個能賺錢的男人，還得是個能賺大錢的男人。」

我理性地思考了一下，說：「找不找得到是一回事，喜歡不喜歡是另一回事。會賺錢的人我不一定喜歡，我喜歡的人不一定喜歡我，或我喜歡的人不一定能賺大錢，怎麼辦呢？」

這個問題對我媽來說，一點也不是困擾，她很輕鬆地回答，「那就去喜歡一個能賺大錢又喜歡妳的男人就行了啊！」

「可是，這樣的人一定有他的生活條件。我既不能相夫教子，也不會洗手作羹湯，長得也不漂亮，帶不出門……為什麼會喜歡我呢？他眼睛瞎了嗎？」我說：「這種瞎貓碰上死耗子的事，難度太高了。我覺得我還是安分地過日子，把自己的生活過好就好。最重要的是，我不想和任何人分享我的時間、空間、心思和感情。錢我會自己賺，雖然不多，但夠過日子。我不想依靠誰生活。」

老媽最討厭我反駁，又是這種振振有詞的反駁，她瞪了我半天，最後似乎無可奈何，拋下一句負氣的「隨便妳」，沒再多說什麼。

事實上，後來她忙於自己的戀愛，根本就懶得管我了。

而我們並非同住一個屋簷下，彼此各過各的日子，井水不犯河水，這麼多年都過了，始終相安無事，她爲什麼非得在這個節骨眼上，跑來挑我的刺？

難道是因爲她同學朋友還是哪個三姑六婆在旁邊說了點什麼？她受了刺激，跑來朝我發洩？不不不，我媽要是耳根子這麼軟，誰說什麼都聽，根本不會談什麼異國戀。

再婚是她的決定，一直都是她個人的決定。怎麼到了最後，決定再婚的責任卻硬派到我頭上來了？

因爲過度激動，大吼大叫，我的腦子有點暈，思路也很混亂，但有一點是可以確定的：我媽不正常。至少，她今天晚上很異常。

理智告訴我要把事情問清楚，但心底餘怒未消。這個時候，打死我也不願拉下臉來，好聲好氣地去安撫她。更何況開弓沒有回頭箭，說出口的話永遠無法收回，她跑來興師問罪，在我身上割個十道八道，最後還要我去好言相勸？不可能，我辦不到！

沉默良久，有一瞬間我以爲她把電話掛了，因爲電話的那一頭，一點聲音也沒有。

我把老媽氣暈了？眞是這樣，那我可眞是功力大增啊！長久以來，我的理直氣壯對上她的無理取鬧，總是半斤對八兩，誰也占不了多少便宜。

就在我想著要不要提醒她「妳還吵不吵，說話表個態啊」的時候，忽然聽見電話那頭傳來她的聲音。聲音很清楚，也很冷靜，彷彿無動於衷，但又異常尖銳。

媽淡淡地說：「妳就是這樣，我行我素，自私自利，令人失望。把妳養成這種德性，我覺得很羞恥，也很慚愧。」

她把銳利的尖刀一把捅在我心窩上，但沒等我爆發，就「啪」一下把電話給掛了。

2 老媽，人間怪物

細數我和我媽吵架的勝負，贏多輸少，隨著我年齡越長越大，贏的比例也越來越高，事實上近幾年我還眞沒輸過。

即使輸了也不要緊，我有很多方法能表現敗方的小心眼沒氣度，放狠話、甩大門、負氣而走、謝謝不聯絡……招招都管用。總之，挫敗能讓一個人長大，也能讓一個人幼稚，我有的是方法能在其他地方扳回一城。

但這次的挫敗是無法從任何地方找回顏面的。因爲還沒來得及放狠話，老媽就先掛了電話，第二天早上去了澳洲，跑得比我還快還遠。她出門就像是丟掉了一樣，別說她主動聯絡我，就連我想主動聯絡她都很難，因爲這位太太在澳洲沒有自己的手機號碼，而我雖然有澳洲阿伯的電話，卻因爲嚴重的外語溝通障礙，光是想著要用英文電話溝通，就頓失膽氣。

最後我央求英文流利的朋友，打電話聯絡上對方，確認她平安抵達，才終於安心。

朋友握著電話一面對話一面解釋：「他說，妳媽散步去了，中午之前會回來。她不知道要買哪張網路卡划算，所以現在還不能使用手機……這兩天天氣很好，等天氣不好了，就去辦結婚手續。」

「爲什麼要等天氣不好？」我很困惑。只聽說過選個好日子結婚，沒聽過要選個爛天氣結婚的。

「……阿伯說，電力維修隊都趁天氣好的時候才工作，天氣不好就放假。」朋友問：

「他問妳，妳要不要過去觀禮、陪妳媽結婚？」

我一口拒絕：「她才不需要陪呢！而且，誰想看老頭子老太太再婚啊，也太蠢了。」

朋友猶豫片刻，問道：「這些話也要翻譯嗎？」

「喂，做人別這麼誠實啊！」我急忙阻止，「就說我很忙，工作太多，沒辦法請假。」

朋友解釋完，回頭告訴我：「老先生說他能體諒，還說如果最近妳有事要聯絡，可以等下午三點之後打他的手機。他三點下班，總是跟妳媽在一起。打這支電話，就能找到妳媽。」她看了我一眼，善意地詢問，「……妳知道妳媽的英文名字叫什麼吧？」

我又不傻，當然知道啦！我媽有一個在我看來——必須要用大陸用詞才能貼切形容——非常「傻逼」的英文名字，叫 Rose。這名字是幾年前她爲了上網使用社交軟體時取的暱稱。原因很簡單，她喜歡玫瑰花。

「妳不能取點正常的英文名字嗎？譬如珍妮、瑪莉，克莉斯汀娜之類的……要是想不出來，網路上一搜就有。」

「我才不要叫瑪莉或珍妮呢，那種名字多俗氣啊！我就要叫 Rose！」老媽說：「簡潔好記，人如其名，我就是一朵玫瑰花，又嬌豔又漂亮，跟我的個性一樣。」

「哪裡一樣了！」我的白眼幾乎翻到天邊去。

「紅花配尖刺，柔弱帶剛強，這就是我呀。」她振振有詞。「而且，玫瑰是代表真愛的花，多浪漫啊，跟我的心一樣。」

「……」我對著電腦螢幕，抽了幾下嘴角，但明智地對她說的那些話保持沉默，不予置評。

有句老話說，人生是不斷的學習。我覺得，跟我媽相處，增長最多的就是戒急用忍、見怪不怪的人生智慧。不知道爲什麼，這位老太太看似正常，卻經常拋出一些不按牌理出牌的胡扯，而且她理直氣壯，自信滿滿，完全不覺得自己有哪裡不對。如果我凡事都跟她較眞，可以吵上三輩子。到後來，我自然而然發展出了一套處理問題的邏輯。

當我媽提出非常要命的提議時，我會阻擋，但如果她提出的是那種無傷大雅的念頭，能忍則忍，沉默帶過。

於是我接受了現實。

「妳覺得好就好，那我就把暱稱改成『螺絲張』了喔！」

「好啊！」我媽非常高興，又問：「能不能順便幫我把頭像改成別張照片？」

「哪張照片？」

「幫我找一張玫瑰花的照片當頭像。」她強烈要求，「要大紅色的那種，就跟我的心一樣，越紅越好。」

「……我給妳找一張喇叭花當頭像啦！」我暴氣，「妳有完沒完啊？還知道要換頭像！」

「我怎麼會不知道？我同學都換啦！妳幫我換嘛！幫我換啦！」

我說：「妳同學都換了什麼照片？」一眼掃過好友名單，只見她那些同學的頭像琳瑯滿目，都是個人大頭照或是夫妻合影，還有小貓小狗小孫子的照片……

「媽，妳看看人家的照片放什麼，妳放什麼？妳就不能合群一點，換一張跟大家差不多的照片嗎？別用什麼大紅玫瑰了，簡直三八阿花。」

老媽猛搖頭，「誰要合群了！我才不合群。俗人才活得一樣，我就是與眾不同。」

「為什麼老逼我做這種有損陰德的事情啊？」我拗不過她，只好網路上找了一張大紅玫瑰花的照片給她換上。後來有很長的一段時間，她就頂著螺絲張的花名和那張紅豔豔玫瑰花頭像行走江湖。

再後來，等她學會自己換頭像之後，花樣就更多了，有時候我在好友名單上看見她新換的頭像，都想要直接把她拉黑處理，眼不見為淨。

這是後話，後面再說。

總之，我才不想開口說要找「螺絲張」呢。那個名字我每說一次就抖一次，甩出一身雞皮疙瘩。

「阿伯還說，等妳媽買了網路卡裝上，就會聯絡妳。」

「愛聯絡不聯絡，隨便啦！」我無所謂地說：「只要知道那個歐巴桑順利抵達就好了。她每次出去，就跟斷線風箏一樣。」

朋友講完電話，回頭對我說：「這些話妳應該直接告訴妳媽。」

「以爲我沒說過嗎？這又不是她第一次出國。她每次出門前嘴巴上都說得很好聽，說喔喔喔，知道了，一定聯絡、一定不讓家裡擔心，但事實上一次也沒記住。人活到這把年紀，返老還童，就跟小孩一樣，出了門就不回家了，一天到晚放我鴿子，從不覺得愧疚！如果跟她抱怨，她還會反咬一口，說我管得太多！她倒成了理直氣壯的那個。上次我就說，要再追問她行蹤，我就是龜孫子！」

「喔，那現在呢？」朋友笑嘻嘻地問。

我也很坦誠。「攤上這種媽，要不想當龜孫子也難。」

在我來說，事情就這樣結束了。那天下午和隨後的許多天下午，我都沒有打電話給老媽。只是每天下午三點整，我都會抬起頭來，瞪著辦公桌前方的那座壁掛大鐘，腦袋放空，什麼也不想，連看十五分鐘，然後低頭繼續工作。

因爲後續一直沒有聯絡，我僥倖地想著，或許到了最後關頭，我媽還是按捺住了沒結婚？也有可能是澳洲阿伯突然清醒過來，覺得再婚並非明智之舉……不管是哪一種，我都是樂見其成的。

但兩個禮拜後的那天早上，我就接到了老媽傳來的訊息。她說：我結婚了。

一整天，我滿腦子亂七八糟，都是些無關緊要的事。我想，媽結婚的時候，是不是穿著那身特意準備的行頭去的？那頂大草帽、大墨鏡、大耳環、豹紋洋裝和羅馬鞋，其實還挺配她的。爸在世的時候，我從沒見她這樣穿戴過，或許更年輕的時候，她也有過時髦流行的穿戴，但從我認識她起，媽就是個平凡到極點的家庭主婦，時尚流行什麼的，都與她無關。

看來，人是會進化的動物！

喔，不，許多年前，爸曾經對我說：「妳媽年輕的時候非常漂亮，又會打扮，我費了很大力氣才追到她。」

所以說，未必是進化，而是拾起中斷且遺忘的過去？

那麼，是什麼讓她變成了後來我所認識的那個平凡無奇的黃臉婆家庭主婦？又是什麼讓她成為現在我所認識的這個，人近黃昏還試圖追逐青春與眞愛的瘋狂歐巴桑？

答案呼之欲出，清清楚楚，近在眼前。是愛情。

3 急驚風碰上慢郎中

計。

根據我爸描述，他和媽是在大學的跨校聯誼中認識的。爸讀的是市政，媽讀的是會計。

在我看來，老爸老媽的性格和喜好與他們所讀的科系非常相似。我爸是個計畫魔人，做事自有節奏，講求一步一腳印，按部就班。他的口頭禪是「再看看」「再想想」「別急，慢慢來」。

而我媽有一種與生俱來的匪氣，要搶要奪，速戰速決，最恨「再看看」「再想想」「別急，慢慢來」。

急驚風碰上慢郎中，就是形容我爸媽相處的情況。媽的性情火爆激烈，爸的個性有點固執，一旦媽想要什麼但老爸堅持反對時，世界大戰就開打了。

做為經常發起戰端的挑釁者，媽吵架的路數只有一條：攻擊、攻擊，不斷地攻擊！無論有理沒理，一概不講道理。這中間牽涉到了很多手段，譬如指桑罵槐、含沙射影、聲東擊西、以退為進……但在所有技巧施展出來之前，她有一招起手式——貼標籤。

這招說起來非常簡單，就是先栽一個讓人百口莫辯的罪名，做為一切責怪、斥罵的開始。罪名不能太實際（否則就沒有向上發展的空間），更不能貼著現實走（吵架就是要耍野蠻），而且要以小做大才能無限上綱。

舉個實際的例子吧！她可能真正目的是要罵我「不好好練琴」，罵我爸「不支持她投資」、罵我妹「愛玩不讀書」，但實際說出口來，一概從「你沒出息啦」開始。

沒出息，就是我媽恆久不變的起手式。如果再輔以「垃圾廢物」「我早把你看透」「沒希望了啦」「你就跟誰誰一樣」（那個誰誰誰，通常是家族中人盡皆知的痞子混蛋下三濫），殺傷力就更大了。

每次碰到老媽胡亂安罪名，不管我是四歲或四十歲、不管錯在不在自己，都會喪失理智，被激得上竄下跳，又憤怒又傷心，還沒開打，自己就先敗了。

相形之下，老爸的態度就顯得泰然自若、處變不驚。

我爸是個感性且堅毅的人。人的性格是這樣的，剛直易折，所以他的處世態度和緩柔軟，但絕不軟趴趴。凡事都有一套自己的標準和看法，不以衝突爲原則地堅持己見，走泰山崩於前面不改色的風格。

他面對我媽，就八個字：兵來將擋，水來土掩。

在成熟的人面前，我媽那種無理取鬧的亂安罪名、大吼大叫的咆哮指責，就顯得非常幼稚。我猜老媽自己也能感覺得到其中的差異，於是她反應更激烈，表現得更幼稚。

無論她怎樣張狂蠻橫，老爸總是沉著地用自己的節奏慢慢說話。那種穩重的感覺，很令人信服。

我爸和我媽，就像大樹和小草，狂風一飆，小草亂倒，但大樹卻屹立不搖。久而久之，這種態度的顯現，就成了關係的定論。

我的家庭組成很奇怪，我爸，不只是我的爸爸，還是這個家所有人的爸爸。我媽，不太像我媽，反而像是年紀稍長但脾氣暴躁、胡攪蠻纏的姊姊。不管到了幾歲，她都活在青春期裡，是個叛逆少女。動輒發怒、胡說八道，就算錯在自己，也找各種理由推拖抵賴。

跟叛逆少女爭吵是什麼感覺？就是有理沒理，你都講不清。

我曾經跟老爸抱怨，「爲什麼媽總是這樣不講理，亂發脾氣？她就不能好好說話嗎？」

老爸對此有點窘，乾笑著回答，「唉，妳媽的個性就是這樣。」

我問：「她以前就這樣嗎？都沒變過嗎？」

「差不多吧！」

我呆滯片刻，沉痛地問：「那……那你是做錯了什麼，爲什麼非得要跟這種女人在一起？爲什麼你不選擇脾氣好一點的女人當我媽？是不是因爲她死纏爛打，而你逃不掉？」

老爸說：「不是，當初是我追妳媽的。」

「爲什麼？爲什麼？你是不是眼睛瞎啦？」我既震驚又沮喪。「爸，你難道不知道，婚姻必須慎重啊！好老婆一家興旺，壞老婆禍延子孫，你不懂嗎？」

我說這話的時候，大概才國中左右，但已經有了無數切身之痛，因此痛心之情溢於言表。

我爸誠懇而老實地回答，「可是、可是……妳媽年輕的時候，很漂亮呀！」

他說這話時略有些發窘，還帶著點臉紅，一副青春少男害羞的樣子。

我是從與父親簡短的對話中，領悟了男人本性。老實和愛美這兩件事情原來是可以並行不悖的。即使是誠懇、正直、爲人方正踏實的老爸，在追求女性的路上，首看的還是美色。

而想追美女，就要容忍美女的脾氣。

很長一段時間，我一直深信，爸是爲了負責才娶了媽的。

我腦補了很多劇情，想著類似先上車後補票的內容，否則不知道如何說服自己相信，像爸這樣成熟穩重、熱愛讀書，言談之間經常引經據典（而且就我的審美標準來看，爸的外表可以說是相貌堂堂）的好男人，卻挑了一個像我媽那樣任性無知、除了八卦雜誌什麼也不看，開口閉口除了賺錢就是小道消息或明星八卦（就我的審美標準來看，老媽就是個黃臉婆）的俗氣老婆！

因爲爸媽的緣故，我很早就看破，愛情和婚姻實在難以預料，你永遠不知道自己會跟怎樣的人走到最後，也不知道自己會被拴死在哪棵樹上。

人生，眞的好謎啊！

但複雜中也有單純，就譬如說，老爸老媽不管年輕時如何吵吵鬧鬧、大風大浪，但他倆實實在在地走到了最後。

雖然其中也有幾次讓我覺得「感情的小船鐵定要翻了」的時候，但這種衝突與感情無關，而是與金錢有關。

做為白手起家的夫妻，爸媽結婚的時候很窮。我最早的記憶，是租住在永和的一間老舊小公寓，他們兩人都要上班，代步工具是一輛銀灰色的偉士牌摩托車，無論颳風下雨還是炎炎烈日，我爸都騎著摩托車東奔西跑。

為了多給家裡掙一份收入，他除了白天的工作之外，晚上還在報社兼差當校對，直到凌晨一、兩點才回家，第二天又早早起床，載著我媽和我去上班、去學校。

我問他累不累？爸總說不累，而我也單純地相信他真的不累。

但許多年後的現在，當我年過四十仍過著每天加班的生活，回憶起老爸當年每天回家倒頭沾枕就能熟睡打呼、八方吹不動的模樣，心底總會升起很深的愧疚。

關於貧窮這件事，爸和媽有著相同的感受，但卻有截然不同的態度。

我爸是老實苦幹、本分賺錢的人，不叫苦、不喊累，用錢謹慎，每一毛錢都省著花。這後來成了他一種習慣，即使生活環境好轉，有了房子、有了車子，我們都長大了，家裡條件好了，他也沒改掉節省的習慣。

不管什麼東西，不用到壞得不能更壞了，絕不輕言丟棄。一件襯衫可以穿上二十年，T恤破了，就當內衣或睡衣穿，更破了，就裁起來當抹布用。

我把運動鞋穿破，他卻不肯扔。給我買了新鞋，卻把破鞋子留下來自己穿去慢跑。每次看到他穿那種像鴨子嘴巴一樣前頭開開的破布鞋，啪嗒啪嗒地跑著，我都覺得很窘。

我勸他：「爸，扔了吧！那雙鞋不能再穿了。」

「能穿能穿，怎麼不能穿呢？」老爸一聽這話，非常緊張，趕緊把鞋子收起來，不給我扔。

「但它都破成那樣了。」我說：「穿破鞋子跑步，不舒服吧？」

「舒服舒服！非常透氣！非常涼快！非常好！」老爸一連幾個「非常」，再三強調。「夏天慢跑穿破鞋子最好了，不怕流腳汗。風一吹，腳就乾了。在雨中跑步也很好，泡在水裡也不心疼。」

「但穿破的東西出門去，多麼難看。」我說：「外頭人看了會怎麼想？你又不是穿不起鞋子，何必呢？」

「別管別人怎麼想，我覺得好就好了。不要亂扔東西，這些都是用錢買回來的。」

仔細回想起來，我爸始終是家裡負責「收尾」的人。我不要的鞋子他要，我穿破的衣服他收，他彷彿靠著接手別人的二手東西就夠生活了，從沒想過給自己添置什麼東西。

但他並不吝嗇，捨得給家裡人花錢，花好幾萬塊給我補習、請家教，一年四季給我們買衣服換鞋子，帶家人上山下海地出去玩，他從來不會耳提面命地說：「別忘了，這都是我花的錢。」也不會說：「妳不好好用功，對不起我辛苦賺錢。」他總是笑笑說：「錢賺了就是要用的，把錢花在對的地方，就不是浪費。」

爸對其他人都很好，但總是苛待自己。所以後來他離開人世，每次回想起來，我都覺得，沒能爲他做更多的事情，是此生至憾。

相形之下，我媽在金錢使用上，是一個勇猛果敢積極進取的人。她花錢很捨得，談不上浪費，但絕不將就。

她的準則是：貴有貴的道理，要買就買好的，別省那點小錢。

所以她有勇氣一擲千金地在百貨公司買一口兩萬多塊的燉鍋，扛回家來，得意洋洋地對我們說：「這鍋子好啊，導熱快，鍋蓋重，煮湯時多少水放進去，出來就是多少，一點也不少，蔬菜放進去燉，都不用另外加水了。」

我那時年幼，完全無法理解家庭主婦對於廚具如黑洞般的欲望。

「但它好貴！」我說。

「妳懂什麼？貴才好。」老媽反駁：「更何況，這不是爲了我自己花錢買的。我買這口鍋子，還不都是爲了你們嗎？我把飯煮得好吃，你們吃飯時才會高興！」

其實說眞的，我爸廚藝比我媽好，他做飯也比我媽更好吃。

但我也許並不聰明，可是絕非白癡，什麼話該說什麼話不該說，我還是有分寸的。

媽在消費上如此凶猛，但不表示她是個不諳世事的人，只是她和老爸的做法不同。爸是看著預算做事，有一毛錢就做一毛錢的事，而我媽的態度是，花錢沒關係，重點是要能賺。

「如果月入十萬，每個月花三、五萬塊生活，根本不算什麼。」媽振振有詞地說：「人不能老想著節流，也該想想如何開源啊！」

於是，在開源這件事情上，我媽的態度熱情而積極。

那個年代，沒有網路，報紙是一切資訊的來源。家裡很長一段時間訂《工商時報》和《經濟日報》，讀者是老媽，她總是認認眞眞地看著報紙上的新聞，甚至還會剪報貼在本子上。

她的夢想是開公司，尤其是貿易公司，因爲在她的觀念裡，「開公司沒有不賺錢的。」

在七〇、八〇年代，開進出口貿易公司、爭取代理，是發家致富的正途。

但我媽英文不好又缺乏本錢，雖然曾在貿易公司工作過，但後來爲了照顧我和妹妹，她就回鍋當家庭主婦了，經驗不足，很難創業。

於是，她把賺錢的希望寄託在投資上面。

曾經有一段歲月，臺灣股票狂漲，全民炒股。街頭巷尾，就連在路邊攤吃碗麵都能聽見電視廣播報股票的聲音。三姑六婆閒聊，談的不是東家長西家短，而是買哪支股票賺錢，經常聽見傳言說左鄰右舍有人因爲炒股賺了大錢。只要附近有人搬家，就會傳說「那家炒股發了，買大房子了」。

老爸是在混亂中少數保持冷靜的人，他說：「不懂的事情，我們不碰。」不管媽怎樣遊說，堅持不肯進入股市。

媽爲此非常生氣，時常抱怨：「妳爸就是這樣，沒出息又沒膽子，只能賺一點死薪水。靠他那點收入，我們都要餓死了，還不允許我另謀生路！他也不想想，連市場裡賣菜的阿婆都靠炒股賺錢，爲什麼我不能做？那些炒股的人，有誰是眞的懂股市的？還不都是邊做邊學！妳爸膽子太小了，這種人成不了大事！」

他倆爲此吵了幾架，爸雖然極力勸阻，但老媽不聽，標會籌錢進了股市。但她進得太晚了，還來不及享受到賺錢的樂趣，就在慘烈的暴跌中眼睜睜看著股票被套牢。

如果換成別人家，老婆如此賠錢，一定要挨罵。但我家情況恰好相反，事發之後，老媽在家裡上竄下跳，理直氣壯地指責我爸：「都是你不好！誰叫你不早點放手讓我進股市。我要早買，早就賣了，現在錢都到手，早就退出來了，怎麼可能會賠呢？就因爲你膽子小，阻礙了我們發財！」

即使當時我年紀小，看老媽這種九彎十八拐伸縮自如想攻擊誰就攻擊誰的秋後算帳法，都爲我爸抱屈。我多希望老爸拋出兩句重話，狠狠還擊！

但爸牙關一咬，居然忍耐下來了，還好言好語地安慰她，「算了算了，賠就賠了，就當我們從來沒有這些錢，從頭來過吧！」

我聽了，簡直想替老爸嘔出一口老血。我想，爲了家庭和平，爸眞是太委屈了，攤上我媽這隻不講理的大野狼，我爸簡直就是森林裡的小白兔啊！

但慘賠收場的事實，並沒有讓老媽失去追求財富的渴望。事實上，她比之前更積極了。兩年後再次出手，不聲不響地投資了老同學兜售的未上市股票，更賠得落花流水。

這次的災情顯然比投資股票嚴重多了，立刻就影響到家裡的生活品質。即使對孩子來說，變化也是肉眼可見的，因爲它立刻就反映在餐桌上！

有一天吃飯，我忍不住問了：「爲什麼我們一天到晚都是紅蘿蔔和三色蔬菜？牛肉呢？排骨呢？我想吃雞腿，怎麼都沒了？」

老媽惡狠狠地瞪了我一眼，用筷子指著紅蘿蔔炒雞蛋說：「沒有雞腿，妳就吃蛋吧！反正都是雞的一部分，也差不多。」

我仍不死心，追問不止，「那什麼時候能吃到牛肉？這個禮拜會有紅燒牛肉嗎？」

我媽生氣了，數落我，「吃吃吃，一天到晚都是吃！妳吃這麼多，也沒看見變出什麼來。上次數學不是還考不及格？考那麼差，還敢要求吃肉？」

談到成績，我被罵得無話可說，低頭扒飯，忍受老媽數落，忽然聽見爸「啪」地一聲放下筷子，說：「別拿小孩發妳的脾氣！明天燉一鍋肉吧，吃不了山珍海味，雞腿和牛肉還是有的。自己造孽，不能連累孩子。」

我抬頭瞄了一眼。以往如果爸爸這樣說話，老媽一定反脣相譏，一句頂一句，非要老爸認輸不可。但這一次，媽卻沒有發難，默默地把話接了下來。

後來幾天，她整天抱著電話到處打，追查朋友下落，著急慌忙地四處討著她被賠光的錢。但如果靠打電話就能追到債的話，這個世界上就不會有討債集團了。

幾年後，我從爸媽口中分別聽說了當時的狀況。老爸說，媽當時砸鍋賣鐵，不但把多年儲蓄都投入其中，甚至還把房子偷偷拿去抵押，後來血本無歸，差點連房子都保不住。

而媽只要講起此事，總是恨恨地罵那個同學，「都是她不好！她騙我！她當時說，那投資有多好賺多好賺，一下子就能翻倍，把我說得心動了。我這麼相信她，卻被她坑得好慘。十幾年積蓄都沒了、房子也賠了，還差點害得我離婚，可惡！都是她的錯！」

我說：「可是投資未上市股票，是妳自己做的決定吧？」

「是啊，是我做的決定。我就是太容易相信人家了嘛！妳也看過那個阿姨吧？她每次來家裡，都開好車，渾身上下穿名牌，還送我們高級水果禮盒，帶我出去做臉。她總在我面前吹噓自己賺了多少錢，一年到頭出國玩，所以我才相信她。她都賺了錢，沒理由我會賠啊……」講到最後，媽的態度忽然丕變，轉悲爲怒，把問題的矛頭指向老爸。

「說來說去，還是妳爸不好！他要是能賺更多錢就好了，我也不會這樣一天到晚想著要投資這個、投資那個的。我不就是怕窮嘛！妳和妹妹當時都還小，有好多地方要花錢，薪水不夠用啊！妳爸爸那個工作，穩定是穩定，但就是沒出息！我一直勸他出來經商、開店、創業，他就是不肯，說太危險了，說自己不懂，還說怕賠錢！賺錢的人怎麼能老想著賠錢呢？唉，扶不起的阿斗！我會這麼想要賺錢，都是因爲妳爸沒出息的緣故。」

「妳就歪理十八篇吧。」對老媽隨心所欲地推卸責任，眞是有理講不清。「都是別人的錯，妳就沒有錯啦！妳把錢賠光了，還怪爸。爸可從沒有怪過妳啊！」

餐桌上的風暴結束後，有天半夜，媽突然把我們叫醒，打發我和妹妹穿上衣服，上了我爸的車，驅車直奔臺中。

車上的氣氛沉默且緊繃，老爸一句話也不說，專心開車。我媽言語含糊。但從隻字片語中，我大概拼湊出，她得到了消息，那個害她賠錢的朋友躲回中部老家，我們要趁對方跑掉之前，趕去要債！

有些事情經過了許多許多年，記憶依然清晰。

黎明之前，天色未亮，爸把車停在農村外的一處空地上。媽推著我們下車，囑咐我們

「別發出聲音」「不要讓人知道我們來了」，說完，搶在最前頭，健步如飛地前進。我和妹妹則手牽著手，在爛泥和碎石混雜的田埂間跳來跳去，跟在後頭。

我們在田間走了半天，最後找到一座傳統四合院。田野間霧色未散，天光隱現，四合院的大門半開，廚房方向有昏黃的燈光。

我看見老媽站在門外，向內凝視，一動不動。

我問爸：「媽在幹什麼？」話沒說完，老媽已經深吸了一口氣，一聲招呼也不打，就像獅子或豹撲上獵物一般，抬腳踹門，猛地衝了進去！

她衝進院子裡的樣子，就像猛虎出閘衝入雞群。一面四處驅趕，一面叫喊著那個人的名字：「某某某，妳給我出來！出來！有種妳給我出來呀，出來！」

我媽跟老爸吵架的時候，臉上變色、瞠目立眉的神態，我是見多了，但她這樣失控咆哮的樣子，還是第一次看到。我被這突如其來的變化嚇得手足無措，向後退了幾步，忽然發現四合院側邊一扇窗戶被推開，有條身影攀附在窗上，正要向外爬。

我扯著老爸的手問：「爸，你看，那是什麼呀？」

爸瞇眼看見，頓時大急，只交代了一句：「妳們留在這裡別動」，隨即朝我媽大喊：「她在那裡！她在那裡！妳快過來！她要爬窗跑了！」一面喊，一面也衝了過去。

後來回想起來，此事宛如鬧劇。晨霧間，老爸老媽追著那個越窗逃跑的人影，三人扭打成一團，伴隨著「別跑」「回來」「還錢」之類的各種喧囂嚷嚷，最後全跌進了田地裡。

四合院裡跑出許多人，大人小孩都有，吵吵嚷嚷的，聲音混雜。一個婆婆衝上前去，朝我媽大喊：「饒了她吧、饒了她吧，她也是被人給騙了，她真的沒有錢了，給她一條活路吧！」

我媽恨恨地嚷：「她沒有錢，妳有，妳賠給我呀！」

婆婆哭著說：「我一條命都給妳，妳就放過她吧！」

這場鬧劇最後以不了了之收場。就像當時許多老鼠會詐騙一樣，媽的老同學也是其中的受害者，她投資了全部家當，最後血本無歸、一無所有，還負債累累。她丟了工作，和丈夫離婚，孩子也不歸她了，好多像我媽一樣的債主，都在追查她的下落。

她無法還債，四處躲藏。而她的家人們發現我媽是上門討債來的，立刻雙手一攤，撇清關係，紛紛抱怨「我們也被她騙了」「她連自己人都不放過」「這件事情跟我們沒有關係」。眾叛親離，只有一個老媽媽與她抱頭痛哭。

所以，無論媽如何抓心撓肺，錢都要不回來了。在我爸的堅持下，對方簽了一張「每月賠償五千元」的借據。

但多年後講起這事，爸說，那個阿姨並沒有償還過這筆欠債。

「唉，她也是走投無路了，只要不尋死，都是好的。」

與老媽含恨不甘不同，講起這事，我爸還有幾分同情對方。他對我說：「妳以後長大就知道了，人生啊，看起來寬容，其實很殘酷。有時候一步路都走錯不得。聽說她去高雄了，也許在那裡能找到新工作，重新來過吧？她的問題我們是幫不上忙的，不追債，已經是莫大情分了。」

姑且不論後來，當天追債無功而返。我們四個人又沿著田埂走回停車的地方。

記憶是很有趣的，即使是同一件事情，我的記憶也有些模糊、有些清晰。在這場追債的過程中，多數時候是朦朧的，彷彿摻雜霧氣一般，只有幾道影像清晰無比，永遠刻在我的心板上。

譬如說，我記得老媽奔進四合院的模樣，她使力大叫大嚷，還和人家在田裡打成一團，她拿指甲撓人，也被人撓，兩敗俱傷，渾身掛彩！

而另外一段清晰的影像，則落在我們回程的路上——

田間路窄，只能容一到兩人通行，回程的路上，仍是媽媽走在前頭，我和妹妹落在媽媽身後，爸爸則走在我們的最後面。

媽去的時候多麼氣勢洶洶，回程就有多麼意志消沉。那種頹唐和絕望，從背影就能看得出來，彷彿渾身氣力散盡，失魂落魄，只剩一副空架子。她的衣裳上也沾滿了雜草和泥巴，從頭到腳都髒兮兮的。

跟在她背後，我覺得她越走越慢、越走越慢，忽然頓住了腳步，向前撲倒在地，手揪著埂上的雜草，撕心裂肺地哭喊起來。

她喊：「我的錢哪……我的錢哪……」聲音很嘶啞，每一個字音都拖得很長，聽起來格外淒涼。

我和妹妹被她的叫喊聲嚇到，手足無措，呆立當場。

過了一會兒，我聽見爸在後頭長長地嘆氣，他走上前去，對媽說了些什麼。

媽推搡著老爸嚷嚷：「……什麼算了！什麼算了？你說得那麼容易，那可是我的錢啊！攢了十幾年的老本！都沒了呀！我不甘心我不甘心！你去幫我討回來！你去啊！你去幫我要回來啊！」

爸也有些生氣了，反問：「那裡面只有妳的錢嗎？有沒有我的錢？是誰拿了那些錢去投資？是誰標會、拿房子拿去抵押？我有沒有說過，不要貪心，不懂的事情，我們別碰？妳是財迷心竅才落得這種結果，怪不了別人。」

媽恨恨地說：「你就知道數落我！我這麼難受，你還怪我？你說，你是不是要跟我離婚？要離就離，我不在乎！」

有些影像，只是剎那，但永遠留在我的心底深處。

我看見爸閉了一下眼睛，長而深地嘆了口氣，再睜開眼時，神色已經恢復如常。他平靜地說：「離婚能解決問題嗎？離婚就能把錢要回來嗎？事情都到這一步了，怪誰都沒用。妳別老把離婚掛在嘴邊，錢沒了，還把家給拆散，有什麼意思？不要哭了，妳難過，我心裡也不好受。起來吧，我們回家。錢沒了，日子還是要過下去，就當我們從來沒有這些錢……算了，算了！」

他扯起我媽，兩人在爛泥埂間歪歪倒倒地扶著彼此走。

這種事情如果放在別人家，會有怎樣結局？我不知道。這種事情如果發生在別對夫妻身上，彼時雖然揭過，但後來會不會一有爭吵，就翻舊帳出來鬧一鬧？我也不知道。

但在我家，此事再沒人提起，就算夫妻吵架，我爸也從不翻這筆舊帳。

我深深覺得，爸眞是一個寬厚人，世間難找。

我媽這隻瞎貓在碰上死耗子上頭，向來有過人的天賦。她在投資上是個笨蛋，但在找對象上面，一定技能點滿。

她怎麼就能找到像老爸這樣的男人呢？

可是你如果認爲，我媽經歷此事就會學乖，那就太傻了。

她休養一陣，恢復元氣，那蠻不講理的橫脾氣就又回來了，一如既往地任性妄爲、頤指氣使，數落旁人時從不顧及對方自尊或感受，芝麻綠豆小事也不放過，爲了丁點小事，跟我爸吵架，罵他「沒出息」、翻他的舊帳，一翻能翻八百年。

所以我人生前二十年最大的困惑莫過於：

這樣南轅北轍的兩個人，爲什麼能結成夫妻？

爲什麼他們吵吵鬧鬧了半輩子，卻沒吵散？

爲什麼我爸總能容忍我媽那種時不時炸開的性格，一再低聲下氣地安撫她？在她失控時，不斷與她講理？

難道這個世界上眞有一種關係是S與M？我爸就是活生生的M屬性？挨罵吃虧，做牛做馬，樂在其中，心甘情願？

再過幾年，我長大了，進入青春期，經常與我媽爆發各種正常與不正常的矛盾衝突，每次爭吵都是兩座活火山猛烈爆發，地動天搖，不可開交。爸夾在妻女之間，其命運之悲慘，僅次於夾在婆媳之間。他總是一勸再勸，左說右說，嘴巴說破，兩面勸和，試圖消弭紛爭。

有一次我跟老媽爲了芝麻綠豆小事吵得不可開交，氣瘋了，把脾氣出在他身上，怒氣沖沖地質問：「你爲什麼跟這個瘋婆娘結婚？你知不知道她不講理？你怎麼能忍受她這種莫名攻擊別人的臭脾氣？你怎麼能容忍她而不離婚？你難道不知道，她需要一點教訓！」

我爸被我質問得一愣，想了很久，答非所問地說：「妳不認識年輕的時候的妳媽。」

我「啊」了一聲，接不上話。

爸說：「妳媽年輕的時候，很漂亮，很活潑，又會打扮，很多男生都追她。其他人都比我條件好。我家裡窮，人又長得不怎麼樣，但妳媽最後卻選擇跟我在一起，想一想都覺得不可思議！

「我們約會的時候，我連請她去餐廳吃飯的錢都沒有。她跟我去吃自助餐，選三樣青菜，連雞腿都不敢夾，還搶著幫我結帳。妳媽的同學們大多嫁得很好，西服婚紗、飯店宴客，菜一道一道開上來，有魚有肉，還有大龍蝦。但我們結婚的時候，我什麼也沒有，出不起聘禮，連一枚戒指也買不起，更別說婚宴了。

「我們各找一個同學當證人，去戶政事務所公證，繳完公證的費用，口袋裡只剩下十幾塊錢。我們在竹林路的一家麵店，一人叫一碗牛肉麵，再切幾塊豆干，剩下的零錢只夠買一顆滷蛋。妳媽和我互讓那顆滷蛋，她堅持不肯吃，給我吃了。」

他停頓一會兒，又說：「結婚時，我們連一間房子都租不起，只能跟人分租雅房。家徒四壁，床還是房東給的，我們把學生時代用的枕頭被子搬來鋪上，就算是在一起了。那年冬天寒流很冷，沒錢買厚棉被，晚上得穿著外套睡覺，兩個人很快就都感冒了。妳外婆上臺北來看我們，見我們過得可憐，難過得哭了，去外頭棉被行打了一床四斤的被子。拿到棉被的那個晚上，睡在被窩裡，好溫暖啊，我覺得很幸福……」

那是一段我沒能經歷過的歲月，爸講起往事，我就無話可說了，只得結結巴巴地說：「你、你怎麼答非所問啊？我講的不是這個。我是說，你爲什麼非跟媽結婚？你爲什麼不跟她離婚？我是說、我是說……」

爸說：「我就是在回答妳的問題啊。我和妳媽，是走過人生最壞時光的人，她當年沒有嫌棄我窮，我怎麼能嫌棄她脾氣不好？我跟妳說，妳不了解妳媽媽。別看妳媽那個人成天嘴巴上嚷嚷，她就是嘴上不好聽，其實心很軟，只是不會表達。我跟她在一起那麼久了，風風雨雨都經過，我知道，她就是刀子嘴豆腐心。

「妳媽在窮困中長大，每次開學，家裡沒錢，外婆帶著她從街頭走到街尾，挨家挨戶借錢。這種窮到無法翻身的境遇，成了她治不好的心病，她始終覺得旁人看不起自己。越自卑的人心氣越高，妳媽那個人，分不清楚『被看不起』和『被質疑被反對』之間的差別，一律歸類是被看不起。

「只要她一感覺自己被人瞧不起，那套從小到大建立起來的防衛機制就會發揮作用，她就要攻擊別人、把人鬥倒，大獲全勝了才會覺得安全。她攻擊人的時候，口無遮攔，什麼話都敢說，對著不該動手的人也撲上去，她就是想求勝。

「回想一下，妳媽吵架是不是總這樣，越難聽的話越敢說？對著妳也罵難聽話？她最常罵人什麼？沒出息、不中用、廢物！這話妳覺得難聽，她也覺得難聽。這是她最不想被人指責的言語，所以非得先從自己嘴裡說出來不可。她先罵了，即使對方回嘴，她也覺得是自己贏了。

「但她罵那麼難聽，自己心裡就好過？把至親的人貶低得一文不值，她又何嘗覺得舒服。經常罵完之後緩過氣來，才覺得愧疚，只是她拉不下臉來跟妳說眞話。我跟妳說，那些怕被瞧不起的人，自尊心都高，尤其在至親面前，更拉不下臉來。她不想在妳面前低頭，就像不想在我面前低頭一樣。

「妳是女孩子，她是女人，妳們是一樣的人，妳要學著體諒你媽。我也不求妳多麼包容，但求妳凡事讓一讓她。不管她態度對不對，她好歹是妳媽媽。」

我說：「她總往我心頭上捅刀，憑什麼？別人家的媽媽都不這樣，人家都能好好說話，爲什麼她不能？」

爸說：「家家有本難唸的經，每個人家裡的情況都不一樣。」

我問：「爲什麼總要我讓她？她明明也沒有對到哪裡去，她怎麼不想著讓讓我呢？」

老爸嘆了口氣，說：「妳讓她，事情會比較容易解決。」

「如果我偏不讓呢？」

「爲什麼不讓？」爸反問我，「她是妳媽媽啊！妳讓她，不是妳弱、妳不如她，而是給她一點緩衝，讓她有時間去想想，而不是立刻做出反應。唉，妳別把妳媽想得太壞了。其實，妳的個性也不好，脾氣大，牙尖嘴利不饒人，妳的脾氣跟妳媽很像。」

我聽這話，心裡一點也沒有得到安慰，反而覺得更怒了。

在我看來，媽這個人，說好聽是隨心所欲，說難聽點，她任性、妄爲，還自以爲是，瘋起來就不正常。世界上有像她這樣不像樣的媽媽嗎？

我跟她完全不同！從小在她的壞脾氣下長大，我目睹她各種失控的言行……我怎麼會跟她一樣？

她有多任性，我就有多忍氣吞聲！

我們在不同的家庭中長大，我受到的教育是爸爸那一套講理、謙遜、嚴謹、低調——雖然我未必能辦得到——但我爸教育我成爲一個文明人，而不是像我媽那樣說炸就炸的火藥桶！

我們兩個怎麼可能會一樣？爸這樣說，我才覺得受傷。

可是，因爲對方是老爸，他從來不會存有羞辱我的心，這次也一樣。所以即使我想要反脣相譏，也說不了什麼難聽話。我只能否認到底：「不對！我跟媽才不一樣。我們差很多，從鵝鑾鼻到墾丁那麼多！我沒媽那樣不講理，也沒她那麼嘴壞，我不任性，我理智，我做事情向來都有分寸。」我說：「我顧慮旁人，從來都不放縱！我會爲別人著想，但她不會，她只會傷害人，越親近的人越傷害！她幼稚，我比她成熟！我和她不同！」

我已經忘記老爸聽我說那些話的時候是什麼反應，但按照他對我的態度，大概也只是無奈地笑笑。

他沒有糾正我，沒有舉證歷歷地數落我，或許因為未來尚遠，時候未到，也或許是因為他知道，有些話、有些事、有些問題，不需要由他親口回答。生活自然會告訴我，答案是什麼。

4 老爸的人生退場

無論如何，一個男人會爲女人辯護開脫，絕對是因爲愛，沒有其他。

這世間最幸運的女人大概是那種，從小被父母寵愛，結婚之後受丈夫寵愛，一輩子無憂無慮的人。我覺得，我媽沒有十分幸運，也算得上八分了。

但誰也沒料到，老爸會走得那麼早。

爸過世時五十一歲，原因是心肌梗塞。這件事情很令人震驚，因爲爸跟我這種懶人截然不同，是一個能上山能下海的運動健將，登山、游泳、馬拉松，樣樣都來。

老爸是個慈父、好人，他做什麼都是對的，就一件事情我真心無法忍受——他總是在週末的清晨把我們從床上挖出來，用激昂興奮的口吻宣布，「藍天白雲天氣眞好，走，我們爬山去！」

爬山這個詞可以用任何同類型運動代替，但對我來說，痛苦的程度沒有差別。

與爸截然不同，我是個懶人、宅女、夜貓子、見光死！我恨山、恨樹、恨自然生態環境、恨沒有水沒有電的地方、恨永遠走不完的臺階、恨所有戶外活動。每到週末時光，我就想與棉被共生死。在我看來，爸就是一個過動兒、運動魔人，健康寶寶。有時候半夜失眠，他換上運動衣就出門跑步去了，一直跑到天亮才回來，得意洋洋地對我炫耀，「我從中和跑到總統府，然後上了政大指南山，繞了一圈才回來，怎麼樣，厲害吧？」

我能說什麼呢？

我說：「你是想向世界證明，你是金頂電池廣告裡的那隻兔子嗎？」所以我無法想像，這樣一個熱愛運動的傢伙，怎麼會生病？怎麼會死了？意外怎麼說來就來？

對於老爸的人生退場，我們毫無準備。

我還記得他過世的那天早上，騎著摩托車送我去學校上班。畢業後，我按照當時師資法規定做了一年國中實習教師，那是我短暫教師生涯的開頭，也差不多是結尾，但在當時，包括我在內，誰也沒有想到未來人生如何。

以我個人來說，我覺得，學校老師是一個了不起的工作，光是早起，就差點要了我的老命。但想當老師，早起是必須的。於是每天清早，我精疲力竭，攤在老爸的摩托車後座，睡眼惺忪、雙眼朦朧，含含糊糊地聽他在清晨的涼風裡活力充沛的說話聲。

他說：「時間眞快！好像我昨天還在給妳每個學期繳學費呢，怎麼一下子妳就長大了，現在當起老師來了！」語氣裡充滿快慰的歡樂。

我含糊不清地抱怨，「我討厭教書。」

但爸沒聽清楚，他繼續說：「歲月不饒人啊，妳長大了，我和妳媽也老了。我跟妳媽都商量好了，再等四年，你妹妹大學畢業了，找了工作，這房子就留給妳們在臺北生活，我和妳媽去南部的鄉下買塊地，種點菜、養幾隻雞，過退休的生活。妳媽愛四處走動，我就每天陪她走走逛逛，剩下的時間，我打算研究怎麼烤麵包和蛋糕。我們兩個都很健康，可以照顧自己，妳們不用擔心。逢年過節妳們放假了就來找我們，要是我和妳媽閒了，收點青菜、提兩隻雞上臺北來看妳們……」

他描繪未來，語調興奮，景像栩栩如生。

但在那個時候，誰也沒想到，這是一場永遠不會實現的幻夢，很快就要破滅，就像泡沫一樣，反射光芒，五彩繽紛，一觸就破，化爲虛無。

他在學校門口把我放下，往來學生之中有人認識我，喊了一聲，「陳老師早！」我勉強振作精神回應。回頭一看，就見老爸眼神閃亮，面容陶醉，咧著嘴笑。

我推了他一把，問：「在想什麼？」

他答非所問，「眞好聽呀！」

我說：「說什麼呢？哪裡好聽了？」

爸說：「那些孩子喊妳的聲音眞好聽呀！陳老師、陳老師……當年那個老是抱蛋回家，怎麼教也教不會，花了不知道多少錢補習成績還掛車尾的孩子，現在已經是老師了！」他語氣激動，說：「我很高興，眞的很高興！以前我擔心妳將來要怎麼辦，現在我放心了。妳妹妹也考上大學，日後自然有自己的路……我的責任已了，可以功成身退了。」

你有沒有遭遇過類似的事情？很多年後，回想起那一天我爸最後說的那一段話，總讓我覺得，彷彿冥冥之中，人是能夠預知未來的，尤其是在生死大事上。離開的那個人，總是用自己的方式跟身旁的人告別。

我爸如釋重負的那一段感言，就像是在預告人生謝幕。事實上，媽後來告訴我，稍後不久，爸也曾打過電話給她，說了一些看似家常，但沒頭沒腦的奇言怪語。

他問老媽，要不要帶便當回去一起吃飯？

媽說：「今天有點事，中午不一起吃了。你別管我，自己去吃飯吧。」

爸說：「那好，我就不管妳了。」停頓片刻，又補了一句，說：「妳一個人要懂得照顧自己，好好過啊。」

這末尾一句說得古怪，甚至有些不祥。可是我們誰也沒有多想。

我爸是一個多愁善感，甚至有點杞人憂天的傢伙，他責任心爆棚，照顧家裡每一個人，甚至包括家裡養的小狗，個性很暖男，但也非常嘮叨，什麼「照顧好自己」「多穿一件衣服」「記得吃飯」「別太累了」「早點回家」「早點睡覺」之類的話，成天掛在嘴上，一說再說。

而我媽是個極粗線條的人，這點和我很像，以至於我倆全然沒有感覺到老爸話語之間的異樣。

我正在煩惱即將舉行的教師觀摩，還有那一堆永遠也看不完、寫不完的公文和各種表格，而我媽正趕著出門……我們都輕忽了，那是此生最後一次與老爸對話。

我要進校門了，推了他一把，問：「你快回家吧，今天打算做什麼？」

爸笑咪咪地，愉快地回答，「妳妹妹星期一生日，但她要去大學報到，不能在家裡過生日了，我打算提早慶祝。等一下我去買個蛋糕，晚一點妳回來，我們出門去唱KTV，給妳妹慶生。」

前一年，在我極力勸說下，老爸第一次踏進KTV的包廂。在此之前，他總覺得那是生人勿近的危險之地，一聽到我們去唱KTV就立刻皺眉頭，焦慮地阻止，「多危險啊，那種地方到處都是流氓和黑道！女孩子不可以去！」

但在親身感受之後，他就為KTV和麥克風瘋狂了，一有什麼事，總想著去KTV慶祝。

我說：「好，你跟妹妹說啊！今天星期六，下午沒課，我中午就回來啦。」

爸發動摩托車要走，臨別之前，忽然揭開安全帽的前罩，對我說：「喂，過來親妳爸一下！」

在我的記憶裡，老爸性格溫和、脾氣好，甚至有些容易害羞，但他在家人面前總表現得很活潑，老把肉麻當有趣。年輕的時候，當著我和妹妹的面，經常抱著我媽親，我媽老推開他，面紅耳赤地叫嚷，「哎呀，幹嘛這樣！幹嘛這樣！小孩在看呢！」

我爸卻很得意，說：「有什麼關係，讓她們知道爸媽多恩愛！」

我在旁邊說：「羞羞臉！」

我爸不以爲意，「這有什麼好羞的！等妳長大就知道，以後得找一個跟妳爸一樣的人結婚。」

他喜歡親人之間的親密，但我的性格卻很彆扭，怎麼可能在人來人往的校門口做這種事。我抬腳踹了一下他的摩托車，低聲警告，「別鬧了啦，學生看著呢！」

他哈哈大笑，催著油門走了。那是一個晴朗的夏季早晨，陽光落在他白色的T恤上，彷彿閃閃發亮。

我慶幸有那樣一段記憶，因爲那晨光下的背影，至今仍然在許多時候——當我爲了芝麻綠豆小事低潮，或是觸景生情，忽然想起老爸的時候——安慰我的靈魂。我想，他是去了更好的地方。那裡陽光燦爛，花香美好。

我花這麼多力氣，描述老爸與我的最後一幕相處，並非僅爲懷念，而是只有如此敘述，才能襯托出爸走了之後，我的世界是怎樣天翻地覆地炸翻了一遍。

就一句形容詞——他帶走了所有陽光。後面有好些年的時間，這個世界永遠是陰雨天。唯有此人無可取代，而我們失去了他。

如果落淚是傷心的表現，我和媽面對悲傷的方式，截然不同。

事實上，在爸爸去世後，老媽並沒有怎麼哭。

不過從另外一個角度來說，我媽也不是一個愛哭的人。投資失利時的伏地大嚎，並不是哭，是聲嘶力竭的叫喊。她不太流眼淚。

這不表示老媽無血無淚，而是她性格相當剛硬。她不喜歡哭，也不喜歡看見旁人哭，她覺得流淚是示弱之舉，會被人瞧不起，即使是女孩子也不可以動輒落淚。所以小時候她經常在把我痛打一頓之後，看我哭了，還會怒其不爭地指著我說：「沒出息，一天到晚就只會哭哭哭！」

我得說，我的腦子具有與正常人完全不同的迴路，兩成正常，八成腦殘的。很多時候，即使知道自己說出來會惹來大禍，但我憋不住。

我噙著眼淚，抽噎地頂嘴：「等、等我長大了，也、也把妳打一頓，看妳哭不哭……」

就不說嘴上逞一時之快的後果了，反正也不外乎就八個字：烈火澆油，引火燒身。

總之，記憶中老媽唯一一次眞正痛哭流涕，是在爸過世的第二天早上。

爸是晚上走的，從發作到走，大概只有幾分鐘。生老病死，他跳過了老與病的階段，直到離開人間的最後一天，仍然活力滿點，先與朋友聚會、談笑歡宴，在吃飯的途中，他覺得胸悶不舒服，於是提早離開。

有人告訴我，心肌梗塞是很痛的，那種痛，當事者應該有所警覺。令人不明白的是，爲什麼我爸在感覺莫名疼痛後沒有去醫院，反而忍著疼痛去藥妝店給我妹買了住校使用的洗髮精，又拖著身體回家，停車、爬上四層樓梯、拎著洗髮精走進家門……

說這話的人告訴我，「疼痛是警訊，尤其是那樣異常的疼痛。他有許多機會把車開進醫院，但爲什麼卻選擇回家？」

這個問題的答案，我心裡明白。那是我爸的個性，受傷的時候、脆弱的時候，他第一個念頭就是回家去。回到他熟悉喜歡的地方。

我爸是在家裡過世的，走的時候，身邊環繞著他此生最重要的人。

如今回想往事，遺憾中帶著安慰。我想，那一天，應該是老爸中生命中最滿足幸福的一天。他把每一個人的生活都安排好了，用「萬事皆有交代、了無遺憾」做爲生命的終結。我爸是幸運的。

但對我們來說，惡耗突如其來，一頭砸在我們的腦袋上，除了不敢置信、驚慌和「天塌了」之外，我幾乎沒有什麼別的反應。

爸過世後的幾個小時裡，我疲於應付每一個問題，彷彿每個人都在問我：「現在要怎麼辦」「接下來要怎麼辦」……等到我回過神來，夜已經很深很深了。我不記得是怎麼回到家的，但關上鐵門，茫然四顧，才發現屋裡缺少了一個人。那個熟悉的聲音、那個熟悉的人影，永遠離開，再也不會回來了。

這是一場惡夢。

回家之後，我打發每個人回房休息，自己在床上翻來覆去卻一直睡不著，只覺得心怦怦跳。最後只好出來，窩在沙發上閉眼睛，千頭萬緒，腦子亂轉，好像才瞇了一下，天就朦朧亮了。

睡意矇矓中，我聽見媽媽從房裡走出來，一直走到後陽臺。

我媽的生活，二十多年如一日，有一套既定流程。每天清晨起床，她總是先去後陽臺洗衣服，用清潔做為一天的開始。

但這種時候，我不想要開始，也不想要清醒。我願意自己是一隻縮頭烏龜，只要不張開眼睛，昨晚的惡耗就只是場惡夢。

但後陽臺的動靜把烏龜從殼中喚醒。老媽扭開水龍頭，嘩啦啦放水，水花噴濺在塑膠盆中，發出「通隆通隆」的撞擊和迴盪聲響，在清晨時分，聲音特別響亮。

我起身，走到後門，隔著紗門，看見老媽在僅容一人的局促空間裡，把雙手浸在水盆中，攪動衣裳，然後大力將衣服從盆中撈起，摔在洗衣板上，接著是一通肥皂和洗衣刷的瘋狂刷洗，每個動作都用上很大力氣，彷彿一早就在發洩全身的憤怒。

她洗衣的動作充滿了力量與流暢感，那是持續日復一日年復一年鍛鍊出來的熟練。

水聲中，我沙啞地問：「這麼早，妳在做什麼？」

媽回答得很簡潔，「洗衣服。」

我說：「我知道，但是……」

但是，這是不尋常的一天。

這是老爸過世的第二天。這一天應該有些不同，應該有一套特別的儀式，讓我們能夠紀念那個剛剛離開的親人。

這一天應該緬懷，應該哀傷，應該收斂情緒，應該謹慎，應該安靜，應該說些思念的話語，應該慌張，應該迷惘，應該不知所措，應該全身發抖抱頭痛哭，應該振作，應該鼓勵，應該成熟，應該勇敢……應該做任何事，但就不應該從一大清早嘩啦啦地沖水洗衣服開始。

洗衣服什麼的，太生活化、太平常了、太不足爲奇了。

我想說什麼，但話在嘴邊，沒能說出口。因爲我看見在洗衣的間隙，老媽抬起濕漉漉的手臂，狠抹了一把眼睛。她哭了，正在流淚，啜泣聲隱藏在水聲裡，所以我一時間竟然沒有察覺。

從沒見過她大哭流淚的樣子，這令我有些慌張。

我是一個不習慣面對傷痛的人，即使十多年後，到了能回溯往事的年紀，看見人流淚傷心，也經常手足無措，不知道該如何是好。

我只能默默地站著不吭聲，嘴上想說點什麼，但很笨拙，一句話也說不出口。

媽哭了一會兒，忽然說：「妳爸太可憐了，我覺得很對不起他。」

她那語氣，不是打算跟我聊天，而是單方面的發洩。

她說：「這麼多年來，他總是爲家裡付出，而我們也總是拖累他。我昨晚想想，我對他不好，我們時常吵架。以前爭吵都覺得很有理由，但現在回想，我不記得爲什麼非得那樣吵得臉紅脖子粗。」

我好不容易找到了話頭，結結巴巴回答，「爸、爸他一定都忘了啦！」

媽說：「但我還記得啊！我會一直記得。」停了停，又說：「我覺得，妳爸是個可憐人，一輩子辛苦操勞。妳和妳妹妹，都不是能夠讓人放心的孩子。妳爸常說自己是泡在水裡，撐著妳們，把妳們往岸上推……現在妳們都長大了，他忙了半輩子，眼看終於上岸了，他卻死了。這個世界太不公平了！」

媽的話，我接不上，也不知道該怎麼接。她說的都是實話，毫無虛假，每一句都戳在我的心上。

清晨的陽光落在洗衣水的泡沫上，顯得五彩繽紛。恍惚間，我想起昨天早晨老爸送我去學校時，那臨別的背影。

我鼻酸想哭，又忍耐著不願意哭出來，只得壓低聲音說：「妳應該多休息，睡一下。」我說：「今天就用洗衣機洗吧，別把力氣花在這件小事上。晚一點我們還得出門去辦事呢，也不知道今天要到幾點才能回來。妳要養足體力。」

媽又擦了一把眼淚，把雙手埋進盆裡，抽出下一件衣服，說：「不行，現在是洗衣服的時候了，我得把髒衣服都洗掉。我不喜歡用洗衣機，衣服得用刷子洗才乾淨。」

這話令人困惑，我說：「都這時候了，爲什麼要在意這種小事？衣服一天不洗也沒關係，畢竟……都這種時候了啊！」

媽抬頭來看我，目光有些空洞，但聲音很清楚。她說：「髒衣服是不能放的，一定要洗掉才行。」

我無法阻止她，只能沉默地看著她哭著刷洗衣裳。

但我沒有哭。

至少，在那個時候，我不落淚。

不是堅強，而是因為自尊。哭這種事情，我的認知承襲老媽，覺得那是弱者的行為。我可以看人流淚，但盡可能的，我不哭，也不在眾人面前哭。

我躲著一個人哭。

後來有整整一年的時間，我每天都哭。哭的時間不多不少，剛好一個小時。從晚上進浴室關上門開始，一直哭到洗完澡換上衣服開門出來為止。

洗澡時的哭泣，是安全的。在小小的浴室裡，只有我一個人。每一滴眼淚都會被流水帶走。

我可以哭得唏哩嘩啦、聲淚俱下，哭到彎身跪地抽氣哽咽。但當擦乾身體、換上衣服，開門走出前的那一秒，我就恢復了正常。

我又是個能用平常態度面對這個世界的人了。

但因為過於年輕，很多事情我只看表面。

譬如說，我見老媽哭了一次，覺得她很傷心，但也覺得她不夠傷心。

我覺得，他們是少年夫妻老來伴，同行二十幾年，如今其中一個人走了，另一個人怎麼哀傷都不為過。但她怎麼就只哭一次呢？難道那一次就哭盡了二十多年全部的感情？

我覺得她應該跟我一樣，天天哭，哭上一、兩年，然後渾身縞素，像維多利亞女皇一樣後半輩子只穿黑色，用以表達哀思。

這不是迂腐——但也稱得上是愚蠢了——可我就是覺得，她缺了點什麼。缺了點形諸於外的痛苦和悲傷。

那是年輕的我不好表現出來，但渴望從她身上看到的。

我天真地相信，只有說來就來、難以言喻、無法承擔的悲痛，捶胸頓足的哭泣與撕心裂肺的哭嚎，才足以表現出老爸對我們的重要性。

要一直到幾年之後我才慢慢明白，悲傷是沒有比較級的。呼天搶地與靜靜隱藏著的悲痛，誰也無法判斷，到底哪個更痛苦些？

關於死亡、悲傷和處理情緒的方式，我還有一段必須學習的路要走。

然而現實接踵而來。

5 每一種關係都有承重限制

喪禮結束後，我們又回到了現實。而現實總是麻煩的。每一種關係都有承重限制。而生活是一天一天累積不斷的。人只要活著，有一口氣在，就要過日子。

一個人走了，無論他活著的時候有多麼重要、無可取代，這個世界也不會爲他停留一秒鐘。喪禮之後，我們恢復了正常生活，該上班上班、該上課上課，該洗衣服的洗衣服，彷彿結束了一場儀式，就了結了一段過去。

在準備喪禮的那段期間，我和媽相處得前所未有的融洽。她脫下了以往刺蝟般的外衣，對我特別溫和、關切、和顏悅色，每次在和朋友講到我如何處理父親喪事時，總會說「她太辛苦了」「她比誰都難受」「有她在，我就放心了」……

那麼感性、理智、溫柔，這是我不熟悉的，全新的老媽。

在性格上，我是一個不太受控制的人，而且越長大越不受控制。長期住校的緣故，我很少在家，生活較爲獨立。而我媽的慣性就是，事無巨細，不分你我，她總要插一手，指手畫腳、各種干涉批評。

於是，長久以來，我們兩個就像兩頭鬥牛一樣，經常角牴著角硬槓。我媽很兇，我也不客氣。

沒完。

我們吵架，各種吵架。要不是有老爸在中間當潤滑劑，我們可以一天二十四小時吵個

但仔細想想我們都在吵些什麼？好像也沒什麼。經常是我媽隨口說：「這件衣服（鞋子、褲子）很醜」「妳怎麼活得這麼邋遢」「整天不讀書亂花錢」「成天就是對著電腦寫寫寫，寫東西能換飯吃嗎」「也不想想未來」「上了大學，連個男朋友也不交，妳沒出息啊妳」之類的話，就能激得我火花四濺、劇烈燃燒。

我覺得媽是個嚴重不講理的惡霸，想要取悅她，還不如花時間取悅自己。她是個永遠不會滿意的人，在她面前，我做什麼都不對，不做什麼也不對，動輒得咎，而且經常被她天外飛來的一筆，戳得滿身都是洞！

而她大概也同樣覺得我神經病、不可理喻（按老媽所說，她是在「平和友善地閒聊」，而我總是情緒失控胡亂爆炸）。爸在的時候，夾在我倆中間，爲了維繫家庭和平，對我說盡好話、向老媽伏低做小，左支右絀，特別能忍耐、特別低聲下氣。

失去老爸之後，有一段時間，因爲共同的悲傷，我倆偃旗息鼓，相處和平，互相關心、遷就。但這不是常態，就像媽的體諒與溫柔一樣，世間所有和平都是短暫的假像。

只要天雷勾動地火，就能炸出眞相。

我說過，我在學生時代就走上寫作之路，在那個出書還能賺錢的年代，賺了一點錢，

於是天真地覺得：老娘天生就該吃這行飯！

但父親期望我能找一個正常、穩定的工作，像當老師。「薪資穩、又有地位、受人尊敬，每年還有寒暑假，生活單純，最好不過。」

但我進了學校，日子卻難過起來，早起、上課、堆積如山的行政工作，和煩悶的校園生活，逼得我想逃。

說起來，我似乎和「穩定」這兩個字無緣。我不習慣校園生活，再加上過往的印象，於是天真地相信，離開學校之後能活得更好。「可以靠寫書賺錢啊！」

但等眞的這麼幹了，就發現光靠寫書過日子，人會先餓死。

於是我進入了一個彷彿永遠看不到盡頭的迴圈：寫稿→賣書→錢少→出去找工作→攢錢→回家→寫稿→賣書→錢少……生活在穩定和不穩定之間徘徊，穩定的工作都很無趣，但不穩定的工作卻得餓肚子。

那幾年，日子過得混亂而忙碌。我嘗試過許多不同的工作，每一天睜開眼睛，都面對現實的衝擊。

但年輕的世界無論多麼糟糕，都是精采。我想方設法面對未知，把重心都放在自己身上，卻很少想過，媽的世界是什麼樣。

我以爲，媽過得挺好。至少，她一定比必須爲五斗米折斷腰的我，活得更好。

有時我很羨慕老媽。作爲一個家庭主婦，她的工作經驗其實並不豐富，人際關係、處世經驗也不複雜（雖然她凡事張嘴就來，說得頭頭是道，但多是挑錯，講不出什麼理路，還經常流於想像）。作爲那個年代爲數不多的女性大學生，畢業後她在貿易公司上過幾年班，後來回家照顧小孩，一直到妹妹上高中，才又回到職場去。

但按照我爸的說法，媽重回職場是爲了「找點事打發時間」，並不負擔經濟開支。我們家的經濟狀況是這樣的，爸賺的錢是養家用，我媽賺的錢她自己用。關於這一點，爸用很寬容的語氣說：「妳媽媽賺的那一點用在家裡，杯水車薪，不如讓她自己花了，給她點成就感。」

但工作難免會遇到糟心事，媽也會受氣。可每次她回家抱怨，老爸從不數落「那是妳的錯」「妳眞不會做人」。他只說「算了，妳別受這份罪」「回家來吧」「我們家眞的不缺妳那點薪水」「別委屈自己」「放心，我會養妳」。

能找著像我爸這樣的男人，我媽上輩子鐵定是拯救過宇宙！

而爸過世之後，媽也正式退休，整天在家。我總覺得，她每天都不知道在幹些什麼。早上我出門的時候，她還在後陽臺洗衣服，晚上回家，她已經吃飽喝好，洗過澡，坐在電視前面打著呵欠看ＨＢＯ的電影。

對她而言，到了這個時候，一天的忙碌已經結束，是放鬆休閒的家庭時光了。但對我來說，回家不過是上班的延續，沒有做完的工作、開會的提案和各種整理資料，就像是條陰魂不散的大尾巴，追著我不放。我忙著吃飯、洗澡，忙著趕緊回到房間裡打開電腦，繼續敲打鍵盤。

有時媽在門邊走來走去，想跟我搭話，「我跟妳說啊，妳知不知道……」

剛開始我很願意聽她說些什麼，但很快發現，說來說去，都是些無聊話，菜價漲了、水費漲了、電費漲了、租屋的房客要求降價、樓下鄰居又換了一家、誰家的女兒考上大學、誰家的婆媳吵架、哪個女明星的八卦……

我簡直不能理解這些瑣事與自己的生活有什麼關係，這就像是群飛來飛去嗡嗡作響的蚊子，令人難以忍受！

於是我煩躁地打斷她的話，問：「妳可不可以安靜點？我還有工作要趕，必須專心。」

媽摸摸鼻子走開了。

但過了一會兒她又會靠過來，說：「我今天在菜市場買了水果，橘子很甜，放在桌子上，妳出來吃啊！」

我敷衍地回答，「好啦好啦！知道了知道了！放著吧！」但幾個小時都不動一下。

等我忙完，已經夜深。有時走出房間倒水喝，看見老媽在陰暗的客廳裡，窩在沙發上，對著還在播映的電視機打瞌睡。

蜷縮在沙發上打鼾，電視螢幕發出的光亮落在她身上，半明半暗的模樣，是那幾年我對她最深的記憶。

但當時我並不覺得那有什麼不好，事實上，我也想過這樣悠哉的生活。

和每一個投入職場的年輕人一樣，我燃燒健康的肝，用血淚在工作。

我羨慕她的生活，如此安逸、悠哉，沒有無止境的加班，沒有通宵熬夜，不用早起趕著出門去追公車，不用被截稿、交稿、出刊或任何事情追著跑。

她不用擔心開天窗，不必面對總在凌晨時分透過信件和通訊軟體丟工作給我，還用一副慷慨施恩的語氣說「妳好好休息，明天早上上班的時候再把稿子給我」的神經病主管，不用求爺爺告奶奶地拜託每一個人、每一個單位配合，更不用去跟誰講價錢，也不用看人臉色或被人指著鼻子罵……

她可以想睡到幾時就幾時，洗晒衣服、打掃家裡、餵狗吃飯、上市場逛超市、跟路上遇到的三姑六婆哈拉聊天……剩下的時間就都消磨在電視機前面。

我也想過這樣的日子，沒有競爭力，沒有野心，沒有目標，也什麼都不用擔心。

爸雖然驟然過世，但身後沒有債務，留了一筆保險和退休金給老媽，還有兩間可供收租的老公寓，算不上多麼富裕，但省著點用也不虞匱乏。

比起辛苦賣命但月薪不過兩萬多一點的我來說，媽眞是太幸福了。

但如今想來，很多事情其實我沒想清楚。

譬如說，我沒想過，年輕如我，即使忙碌到極點，晚上還得躲在浴室裡痛哭流涕，用眼淚宣洩悲傷。那麼，年過半百的老媽用什麼做為手段，處理她的情緒？

譬如說，我沒想過，工作確實讓我疲於奔命，但也讓我密集與外界接觸。我雖然總是疲憊不堪，但工作消耗了體力的同時，也讓我無暇多想，甚至增長了與人應對的智慧。可是一天到晚蹲在家裡，缺乏外在接觸的老媽，用什麼排遣時光？

我回到家總是累得不想說話。但長時間待在家裡的老媽，對著電視，她跟誰說話？誰與她溝通？

我厭倦她總是在我忙碌的時候湊過來，見縫插針。我覺得她干擾我的生活，於是用不耐煩、排斥，甚至苛責的語氣把她推出我的世界。

說得不客氣一點，我甚至覺得，媽是越來越跟不上時代了。她總抱著電視看，看電視看得她人都笨了，人家是電視兒童，她是電視老人。

她分不清楚眞與假的差別，對於電視新聞中沒營養的狗屁傳言，概括接受，不經思考，積非成是，信以爲眞，總把與自己八竿子打不著的演藝圈無聊八卦緋聞掛在嘴邊津津樂道，不清楚的人還以爲那些演員明星是我的家人。

面對這樣的老媽，我在煩躁中帶著無奈的優越感。我覺得她傻，覺得她笨，覺得她無知不懂事，覺得她總是大驚小怪。

每當這種時候，我就會特別思念老爸，想念他的理智、平和、穩重和冷靜。但媽眞的是傻、眞的是笨、眞的是無知不懂事、眞的是大驚小怪嗎？

很多事情要等到多年之後回頭細想，才能明白。

爸過世那一年，媽也才五十一歲。一個女人，五十出頭，人生不過半百，放在常人，這個年紀，生命正進入一段最平穩的階段。若我爸還在，按照他想像的，鄉村田園生活就在眼前。

他們兩個人雖然總是吵吵鬧鬧，但從沒有離開過彼此。爸寬容，總是處處讓著老媽，媽習慣了被讓，但也不會趁勢爬到老爸的頭頂上來。他們總是把一句話掛在嘴邊，說：「妳別給妳爸（妳媽）找麻煩，多爲他（她）想想！」

這話看似指責我，其實是在爲彼此著想（但我媽從不覺得，她才是那個全家最能找麻煩的傢伙）。不管年輕的時候怎麼爲細故爭吵，無論媽多少次找爸的麻煩，但在生活中，爸是關心媽的，而媽也總是擔憂老爸。

雖然媽從來不把「我愛你」這三字掛在嘴邊，還經常嘮叨、嫌棄老爸沒出息、沒賺更多錢，但她心底未必眞的這麼想。

他倆在一起，生活平凡，但有滋有味的。

人家說，少年夫妻老來伴。失去了老伴，我媽心裡，恐怕不像她外表表現得那樣只哭一次。

而我每一次排拒她進入我的生活，或是叫她別煩我，都證明了，在這個世界上，與她同行的那個人是眞的走遠了。

她是孤獨的、被留下來的。

更糟的是，每次我推開她，態度都很蠻橫。

我年輕，少不更事，長期住校，很少能與老媽相處。寫東西的時候，談起感情頭頭是道，但在生活中，卻不懂得怎麼細膩處理情感和情緒的問題。

我大手大腳、自以爲是，把粗暴當直接，明白表露各種不耐煩。

雖然有時我會想到「啊，我是不是不應該那樣說」，但我也臉皮薄，不願意拉下臉來道歉，總是用「應該沒什麼吧」「她不會放在心上吧」等等掩耳盜鈴式的藉口，想把事情得過且過地帶過去。

而每一次溝通，都加深了我對老媽跟不上時代的印象。

做爲媽媽，她不是一個能幹的母親，有很多缺陷，肉眼可見，無處隱藏；做爲成年人，她缺乏適應力，追不上時代變化。如果不是老爸留了一筆錢給她，她甚至很難自力更生。她不會用電腦，也不懂網路，除了看電視之外，對萬事萬物一無所知，但又喜歡對我的事情指手畫腳，說一些沒有見識、缺乏邏輯的愚蠢意見，干涉我的決定與生活方式。

我覺得，自己比她強很多。

就為了這種優越，我對她缺乏耐心。我不知道自己這麼做，是在磨損我們之間的關係，也是在損耗彼此之間的信任。

是的，人與人之間的關係，都是有承重限度的，即使是母親與子女，也是如此。一意孤行——不管是哪一方的一意孤行——遲早都會造成破裂與反撲。

6 每個人都是一座冰山

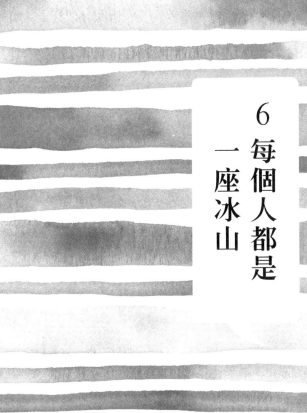

所有的關係破裂，問題的癥結都不是發生在外在，而是內在。外在的事件都只是一個引子。

我和我媽大爆發的引子，來自於我換工作。

先前說過，爸過世後，我脫離原本設定的人生跑道，離開教職，去外頭找工作。這段人生，由一連串點點所組成的：在雜誌社工作……換到電玩公司……去了另一間電玩公司……去戲劇工作室……又去一間戲劇工作室……換出版社……換研究單位……又換到另一間出版社。

在求職的時候，那些點點會被我美化掉，補充一些內容，變成漂亮的經驗。譬如在面試時我會說，離開第一間雜誌社後，回歸創作本業，出版了兩本書（出示證明），在下一個雜誌社和電玩公司之間，我接了某電視臺和國家單位的外稿工作，又寫了兩本書（再出示證明）……

但眞實的情況是，每個點點都是徒然的浪費。我覺得自己就像是一隻長程飛鳥，在穿越河流與汪洋之間，暫時於某處地方停歇。

有時我看得見下一處歇息的地方，但多數時候沒有打算，走一步算一步。

如今說來容易的事情，當時都很艱難。但歸納起來，所有艱難也不過就是兩件事：一是錢，二是自我懷疑。

離開講臺之後，就開始感受到窮是怎麼樣的滋味了。

學生時代，我是典型的伸手族、月光族，不知道什麼叫做省錢，但等老爸一走，就知道什麼叫做賺錢不易、入不敷出、左支右絀，全世界都在跟你討債。

我本來以爲人生至難就是抵禦悲傷，但沒過多久隨即發現，不，人生至難是貧賤百事哀。錢是這個世界上僅次於健康最重要的事。

開門七件事，件件都要錢，要吃要喝要繳稅，沒有錢寸步難行。父親過世那一年，我妹剛上大學，她一年有兩次開學，不管哪一次我都怕得要死。開學不僅僅是學費問題，還有課本書籍的費用、繳交學校各種名目的支出，從系學會到畢聯會和公演開銷，加總起來的額度是驚人的，另外租屋、吃飯、生活用度和零用錢，整體開支宛如黑洞。

有段時間我非常害怕看見妹妹回家，她如果笑嘻嘻地湊過來說：「姊，我要跟同學去逛街……」那種感覺就像是被劫匪搶了還不能喊救命。

每次她拿著零用錢離開，我就想，彷彿不久前，我也曾用同樣方式，笑嘻嘻地打劫過老爸——但那個時候，我可不覺得自己是在打劫——回憶昔日老爸從皮夾裡取錢時，臉上浮現的苦笑，和他那句「妳要懂得存錢啊」的無奈叮嚀，言猶在耳，但說話的人卻調轉了身分。

這眞是現世報。

一文錢逼死英雄好漢，絕非眞正的困局。最慘的是，死不了也不能死，但丟盡自尊和顏面。體會過幾次走投無路、退無可退的處境，我對這個世界的看法沒有剛畢業時那麼天眞浪漫，忽然明白，人生不是連續劇，很少有奇蹟。

總之，長期追著錢跑的人生會讓人變得心胸狹隘，變得不安，變得焦躁，變得懷疑，疑惑這個世界，也質疑自己。覺得自己一無是處，一無所能。我經常自問，爲什麼別人能，而我不能？有時工作到很疲憊的時候，會忽然覺得困惑：我爲什麼在做這些事？這眞的是我想做的事？我是不是瘋了，把生活走到這種程度？

尤其當我看著大學同學們紛紛在教育圈站穩了腳步，開始談婚論嫁，紅帖子到處飛、每年出國去玩，分享出國旅行的戰利品，甚至分期付款買房子的時候，我就格外懷疑，自己是不是已經完蛋了？我再也跟不上人生的節奏？我做錯了決定？

再加上外在環境的不順，自我質疑就會從疑惑變成鐵板釘釘的定論。

這一路上，我遇過很多善人，也遇過一些傷人很深的人。有些人以利用及壓榨的態度折騰有夢想或有能力的年輕人。他們會用「這是給你機會」「做好了你會得到更多」之類的言語，構築一些看起來很美妙燦爛但其實都是鬼扯的空中樓閣，餵食不著邊際的空氣大餅。

你以爲就要一步登天，其實是往下墜落。

而墜落是會受傷的，每次受傷都像是一根手指頭，指著我，無聲譴責著我年輕時狂妄的決定。

要再過幾年我才明白，這就是一個過程，和社會拉鋸的過程。多數人在離開學校後的幾年內，快速找到了立身世界的位置，達到了生活的平衡，或許不滿意生活品質，但勉強可以接受。用類似浮游生物的方式，隨波逐流，不和世界對抗。

而我的問題是，我一直沒辦法勉強自己接受。我彷彿一直在尋找正確的位置，直到今天，仍然不覺得滿足。不管如何，在掙扎的過程中，屢受創傷的我，性格變得很像刺蝟。生怕別人提及我的過去、那些看似錯誤的種種決定——雖然它們在後續人生終於證明了自己存在的必要性——尤其是離開學校、離開教職、離開安穩的人生，過有一搭沒一搭的生活，過被錢追著跑、爲五斗米折斷老腰的生活！

但什麼人會這樣沒眼色，哪壺不開提哪壺地專挑我的軟肋下刀呢？

絕對是我媽。永遠都是老媽。

說也奇怪，媽這種生物好像天生就不會講什麼好聽話，就算想要表現自己的同情或友善，但發諸於言語的，都是譴責。

於是我每次在外頭受傷回來，就聽她咳聲歎氣地說：「唉，我不早說了，妳在外頭是混不下去的！妳啊，幹什麼都不行！妳啊，沒出息啊！」

有一種人在氣短的時候，總會顯得特別羞愧，逆來順受，安安靜靜地躲起來舔傷。但我並不是那樣的女兒。

我就是那種「住口，老子已經夠難過了妳還來煩我」的傢伙！聽媽這樣嘮叨，感覺有如傷口撒鹽。我生氣了，反脣相譏地問：「妳多早的時候說過這話？」

老媽理直氣壯，「很早很早，妳三歲我就看出來了！」

我氣得要死，想了很久，用最愚蠢的方式回嘴，「那妳怎麼不早點把我掐死了呢？」

其實遭遇挫折本身並不可怕，可怕的是屢遭挫折，那會折損人對自己的評價，也會折損別人對我的信心。

當老媽發現我書賣不好、工作也不甚愉快，跟主管鬧得很僵，吃了幾次誰抛過來的空心大湯圓，以爲就要振翅高飛結果摔得灰頭土臉之後，她對我的態度就從咳聲歎氣到看破紅塵了。

簡單來說，別人不把我看扁，她先把我看扁，還看得很扁，扁得不能再扁。媽成爲我的職業唱衰者。

我要是發生了點什麼好事，在她那裡，只會得到無情的批評。

「沒用的啦」「不可能的啦」「妳又在作夢了」「什麼時候才會清醒」「妳不可能靠寫作成功的」「要吃多少次虧才會明白妳沒出息沒有用」……這些打擊的話張口就來，隨時可以說上一整車。

多年後的今天，我會用不同的想法去思考媽媽的心情。但在當年，我恨她永無止盡的唱衰。

即使我作好了一件事，她也會用悲愴的口氣在背後哀歎，「只是一時運氣好而已，妳不要以爲之後就順了！妳知道，妳根本不是那樣的料。」

做爲一個長期編織故事的人，我一直渴望著像電影或連續劇中那樣，拿實際的成果、大紅大紫走上紅毯之類的成績，狠砸我媽的木魚腦袋，向她證明我有多能。

但現實是，人生起起伏伏，我始終沒能證明自己多麼能，大概在三十歲以前，更多的時候，我是在證明自己不能。

起初，每次我承認自己不能，她就會舊話重提，試圖遊說我。

「妳要不要回學校去？我看，趁著辭職沒多久，趕緊回去，跟校長說對不起得了，免得人家招了別的老師代替妳的位置，妳要回去也難了！」

再過幾年，這話就會換成另外一套換湯不換藥。

「妳要不要回學校去？妳那些同學們都往上爬了，當組長的當組長，當主任的當主任，都在學校裡說得上話了。妳別固執，低下身段去，去求求人家看在老同學的面子上照顧妳一點。否則年紀再大，想要回去教書也難了。」

這些話有如芒刺在背，我立刻被激怒了：「我不回去！我就是不想在學校待才出來的。我也不需要跟誰說對不起，我又不是待不下去才出來，我是想離開才離開的。」

我媽嗤之以鼻，說：「少來了，妳這人從小就任性，我有沒有告訴過妳，在外頭說話做事別太張揚？我看，妳當初離開學校，一定是哪裡得罪人了。我跟妳說，要是還來得及，趕緊回去道歉，姿態放低一點，說話誠懇一點，把話說開也就沒事了！大家出來都是混口飯吃，養家餬口，有什麼好過不去的呢？妳就是死要面子活受罪。」

為什麼媽媽總是有辦法無視於事實，總用想像說話呢？聽聽她說的，好像我在學校裡是個惡霸一樣！我氣得七竅生煙。「我、沒、有、得、罪、誰！我就不喜歡學校的生態。我也不會去求任何人，不會回學校去。」

媽冷笑說：「妳這麼硬脾氣，最後還不是自己吃虧受罪。上班上班，不過就是找個地方蹲著賺錢而已，喜歡不喜歡很重要嗎？成天挑挑撿撿，也不看看自己幾斤幾兩，三流學校畢業，去哪哪沒路，做啥啥沒用，還以為自己有多厲害呢。不想幹就辭職？我們以前哪敢這樣挑三撿四，有工作、有錢賺就偷笑了。妳啊，不行啊！」

當我媽的女兒，必須要有一點天賦。舍妹的絕招是過耳就忘，不管媽說什麼，有多難聽，她都能左耳進，右耳出，從來不過心，她向我傳授畢生絕學，說：「姊，妳不能阻止老媽張口說話，但也絕不能跟媽認真，誰認真、誰先生氣，誰就輸了。妳聽好了，妳得閉嘴，讓她說。她說話的時候，妳在心底唱歌。她說她的，妳唱妳的，相安無事。」

我做不來我妹這一套，我是傻子，什麼事都看得很認眞，每一句話都放在心上。於是面對我媽，我嘗盡了各種萬箭穿心的滋味。家門外的敵人有多少我不知道，但在這扇門裡，我媽就是我最大的敵人，有了她，我的人生歷經磨練、百般折騰，努力練就金剛不壞之身。

總之，秉持著凡事與我媽背道而馳的信念，硬著頭皮前進。我度過了幾次劇烈動盪的時光。事實上，在點點點點點點與點點點點點點之間，我還是有些穩定而正常的生活，工作穩定、前景值得期待，有時待遇還高得嚇人。

但即使在最好的時候，媽也不完全是開心的，只是減少了埋怨和言語攻擊的次數。而我也逐漸掌握了相處之道。根據經驗，如果我能在有錢的時候，定期帶她去百貨公司買東西，她就不會太容易生氣。

我一直天兵地以爲，老媽的抱怨與不高興，就像是層級不高的地震，是地球能量的正常發洩，搖晃幾下，之後就是長久的安寧。

我還相信，她終有一天會理解我，尤其是在看過我的認眞努力之後，她會接納我的選擇。但事情從來沒有那麼簡單。

在此要說明一個我個人對於人性的理解：這世界上每一個人都是座冰山，分成水面上和水底下兩個部分。

水面上的部分是理智可以控制的，有事說事，有話說話；但藏在水底下的那一大坨不一樣，它是不可以控制的、情緒性的，藏得很深、很壓抑，而且通常比水面上的那一塊大上許多。

水底下的冰山才是眞正可怕的東西，一方面你很難從冒出水面的冰山尖去推斷水底下的分量到底有多少，二方面它才是在關鍵時候決定一切的重點。譬如說，撞上哪艘倒楣郵輪的時候！

人把什麼東西藏在看不見的地方呢？都是一些不好明白說出口的負面玩意兒。焦慮啊、恐懼啊、懷疑啊、不相信啊、委屈啊、憤怒嫉妒恨啊……人總是把那些佛曰不可說的亂七八糟都藏在水底下了，載浮載沉，看不清楚，但確實存在。

我撞上冰山老媽之前，還以爲自己像鐵達尼號一樣，在大霧之中茫然前行。但我撞上她之後，才明白，自己也是一座冰山。

先講冰山相撞的結果吧。

在我家，有個不成文的規定：賺錢的人要拿錢回家。

此事很理所當然，但問題是，我和老媽一直沒說清楚，到底要拿多少錢回家。

在沒有收入、守著既有財產的我媽看來，我能給多少就該給多少，多多益善，最好能立刻遞補老爸的存在。

但在收入不高，還經常有一搭沒一搭的我看來，很多時候是心有餘而力不足。想像是美好的，現實是說不出口的。有錢的時候我就給收入的三分之一或四分之一，但沒錢的時候我就摸摸鼻子想要混過去，能少給一個月就拖過一個月。

我不解釋，也不交代，更不希望老媽追問：「爲什麼這個月不給我錢？」我希望她能裝作不知道。

但媽絕對不會跟我裝傻，她會一直問、一直問，而我則拚命閃躲。

我們最大的一次衝突，發生在某次我剛換工作之際。在那之前，有一、兩年的時間，我在家裡寫書，但出版後賣得並不理想，我重回職場，接受一份月薪兩萬五的編輯工作。

工作累，薪資低，是出版業的常態。拿到試用期薪水的那一天，我立刻先還了一筆已經逾期的卡債，又回到一貧如洗的狀況，擠不出多餘的一毛錢了。後來幾天，看老媽沒有吭聲，我就想把那個月混水摸魚過去，下個月再說。

但是，某天晚上，當我操勞加班到凌晨回到家，筋疲力竭地昏睡過去，卻又被人夜半大力推醒的同時，我才發現，問題從來不是我想要敷衍就能敷衍過去的。

那個晚上，夜色很暗，屋裡沒有開燈，半夢半醒間，我睜開眼睛，神智恍恍惚惚，還以爲發生地震，但很快就發現床邊黑暗中浮著一張臉，看起來像是一個幽靈。

我疲倦到無法感覺害怕，呆滯了半天，才辨認出那是我媽。

她坐在床邊，用手推我，不停搖著我的身體，像唸咒一樣喃喃地說個不停，愁眉苦臉地叨唸著：「妳沒有給我錢，妳爲什麼不給我錢？」

我愣了一下，「什麼？什麼錢？」

媽說：「妳一定要給我錢！妳得給我錢！妳爲什麼還不給我錢？妳怎麼還不給我錢？妳爸爸都會給我錢，妳爲什麼不給？妳爲什麼不給？」她的聲音低沉，語調急促，反反覆覆，來來回回，都在講錢。

我猛地清醒過來，先是憤怒，再來就是恐慌和心虛了。我的反應是直接的，我說：「大半夜不睡覺，妳在這邊幹什麼？嚇人嗎？妳知道我明天還要上班嗎？妳是不是覺得我不夠累？」

我永遠記得那天晚上自己發出的聲音，又乾又啞，心裡又是痛苦又是無奈，還有一種比痛苦更傷人的情緒，像火山爆發一樣湧出。那種被追債追到床邊，無處可藏，直面自己無能的沮喪，如同烈焰灼身。

老媽理直氣壯地說：「但妳還沒給我錢呀……上個月妳沒給、這個月妳也沒有給……妳住在這個家裡，家裡的水電瓦斯一切都要錢……妳爸爸在的時候，總是給我錢，不讓我爲錢煩惱。妳爲什麼做不到呢？妳說過了要給我錢，妳快把錢給我呀！給我呀！」

我說：「我才找到工作啊！」

我媽說：「那妳就得給錢！」

我像困獸一樣，結結巴巴地辯解：「我先拿去還債了……之前，沒錢了，我借了一點，得先還債……不能欠太久。」

媽不叨唸了，手也停了下來，過了一會兒，她說：「妳就是這樣，一意孤行，才把自己弄到山窮水盡的地步！妳爲什麼不好好工作？不像正常人一樣的生活？妳爲什麼總是任性妄爲，不肯安分守己？妳爲什麼老是想怎麼幹就怎麼幹？妳要是還留在學校裡，安安分分地教書，像妳爸爸那樣，日子怎麼會過到這種地步？妳……妳是個垃圾……妳是個廢物……妳令人羞恥……妳無藥可救……」

我的理智瞬間斷線，大聲咆哮，「妳還是我媽嗎？妳這個死要錢！」

那場架長得可怕，我們從夜半直吵到天亮。盛怒之下，老媽咆哮、亂砸東西，就像她每次跟老爸爭吵時一樣蠻橫不講理。我看她披頭散髮的樣子，覺得她就是個活的母夜叉，簡直要把我逼瘋了。

她翻來覆去地數落我，「妳看看妳自己，怎麼活成這樣？妳胡鬧！成天作白日夢！辜負了妳爸的栽培，他把妳這個扶不起的阿斗推進大學，花了多少錢給妳補習、花了多少力氣培育妳。沒有妳爸的付出，妳能考上大學？妳能混到畢業？他幫妳把一切都規畫好了，但妳卻不肯走他安排的路！妳爸一走，妳就廢了！妳看看妳，在外頭混，每天上竄下跳，混出什麼名堂來了？妳現在的薪水還不如在學校裡的一半！妳那些同學個個都從流浪教師考上正職了，他們都有出息了，就妳一個四不像，成天在爛泥巴裡打滾，連家計都付不出來！妳爸走的時候，妳答應過的，要養家、要照顧家裡的人，現在呢？妳做了什麼？妳就是個窩囊廢、寄生蟲！妳沒出息！妳對不起妳爸爸！養妳是白費了！難怪妳爸死得那麼早，他是為妳煩惱死！愁死的！」

憤怒令人失控，我也不甘示弱，指著她破口大罵，「成天就只知道跟我要錢，妳是真的沒錢嗎？爸爸的保險費是誰在管？那些房租是誰在收？我有跟妳要一毛錢嗎？妳為什麼一天到晚跟我要錢？錢錢錢，錢錢錢，妳就只在乎錢！妳是真的沒錢了還是想要得到更多？把我逼得人不像人、鬼不像鬼，從我身上榨錢，妳很有本事嗎？」

如果那場爭吵到此為止，如果我擺脫老媽，把她轟出房間，關上房門埋頭睡覺，自己躲在被子裡哭一哭，也就算了。

但有些事情就是無法點到為止。

我在狂怒中無法停止惡毒的言語流淌而出，我冷笑地說：「我懂了，妳這個吸血鬼、死蛀蟲，賴著別人生活，吃死一個換一個！別老說爸是為我們付出、為這個家付出，好像妳沒折騰過他似的？他這輩子付出最多的人，不就是妳嗎？妳總是這樣任性妄為，要買房子、買大房子，要買這個、要買那個，妳就沒讓他喘過一口氣！妳了不起，把老爸榨乾了、折磨死了，現在目標換到我身上來了？妳是不是也想要弄死我？」

這話太傷人，我媽一下子也瘋了。

失去理智、完全訴諸意氣的爭吵，最可怕的地方，就在於它是烈火與堅冰的直接抵觸。我和老媽都太了解對方了，在失控的時候，到底在吵什麼已經不是最重要的事，而是要爭輸贏。我們都掌握著對方最痛苦的弱點，爲了吵贏對方、讓對方無話可說，我和她毫不掩飾，直戳對方最痛的弱點。我媽指責我辜負老爸，我責怪她折磨老爸。

老爸雖然已經從人生退場，但卻是我倆生命中最軟最痛的點，我們都對老爸有無法彌補的歉疚和遺憾。揪著對方的歉疚，把遺憾說大，無限上綱，往承擔死亡的罪名上釘，是那幾年我們母女爭吵的模式。

尙有理智的時候，每次爭吵，我們總是點到爲止，即使一個人發瘋，另外一個人也知道該什麼時候退一步躲開，不要把爭吵放大到無可收拾的程度。但在那個晚上，我們話趕話地把對方逼上了絕境。

當時我們已經換位到廚房，我話出口的一瞬間，媽就失控了。伸手抓起流理臺上的一把菜刀朝我扔了過來！

作爲一個慢半拍，那絕對是我這此生反應最快的一次，千鈞一髮之際，我順手抓過牆角的掃把橫擋了一下，只覺得重物砸到掃把柄上，力道很大，撞得我幾乎拿不住掃把，緊接著「噹」一聲，一把菜刀摔落在地。

我瞪著地上那把中式菜刀的刀刃看了很久，腦中一片空白。我抬起頭來看著老媽，她的臉上也是一片茫然，還帶著點驚慌。

我聽見自己的聲音，清清楚楚地問：「妳……是想殺我啊？」

其實，那場架，我是心虛的。

我知道，我欠了家計，還經常欠，這是事實。但我的收入不可能同時支付妹妹的生活開銷和我的生活開銷，還有一堆有的沒的帳單和開支，有時候，我連應付自己的生活都過得不好。

我害怕媽總用收入衡量我的價值。她老拿我跟老爸比較、跟樓上樓下鄰居的孩子比較，「妳爸爸可以給我這麼多錢，爲什麼妳不能」「某某在銀行上班，每個月收入七、八萬，妳爲什麼不能」……我更怕她總是拿我跟過去的我相比。從她嘴裡說起來，我一無是處，搞砸了一切，什麼都錯了。

但我太年輕，沒辦法跟媽說這些，只能在她的言語刺激中用憤怒或瘋狂武裝自己，讓我不至於被她的否定全面擊潰。但憤怒和武裝也讓我蒙上眼睛、摀住耳朵，忽略很多言外之音，甚至沒有看見事實眞相。

多年後的今天，回想過去，我沒有當年的憤怒，也不恨老媽當時的窮逼不捨。不是因

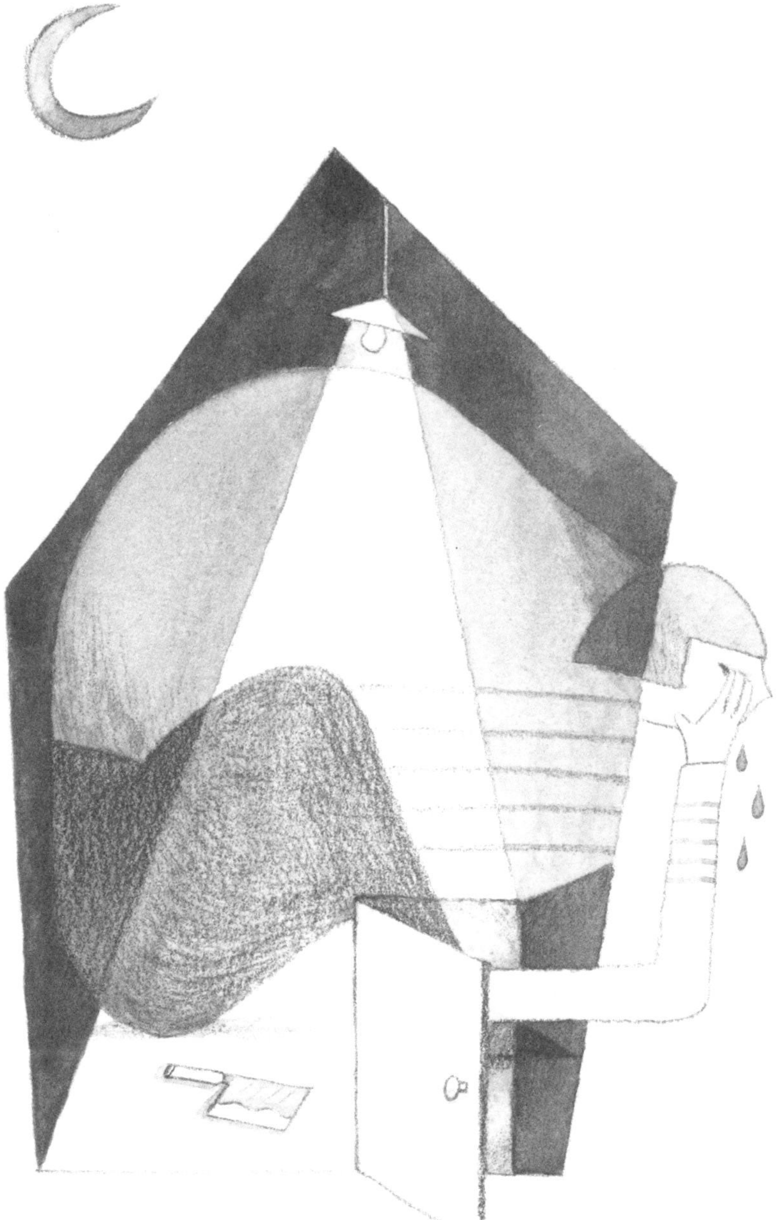

爲事過境遷，和平收場。而是年紀和閱歷讓我逐漸明白，媽也是不容易的。

每個人都是一座冰山。我媽是，我也是。

海平面以上的我表現得得過且過，但海平面以下我充滿憂慮、困惑、痛苦和無奈，還有無限膨脹的自尊心和敏感。

海平面以上的我媽就像一般家庭主婦，日子過得平凡。爸走了以後，她不聲不響，沒有什麼反應，每天照樣過日子，規律早起，照樣生活。但那不是與現實妥協的平衡，只是掩藏而已。

海平面以下的她到底在想什麼，外表看不出來。爸的走徹底影響了她的人生觀和價值觀，是保險理賠、房屋租金都無法彌補的缺憾。

在心底，我媽是恐慌的。

我要到很多年後才能明白，面對爸的死，我媽和我做的其實是相同的事。我們都亟欲建立一個穩定的環境保護自己，只是作法不同。

媽渴望我成爲下一個老爸，一個能夠信賴、仰仗的強者，而按時給付金錢雖然很物質，卻是一個明確的象徵。她經常用「妳爸都這樣，妳爲什麼不能」之類的話來指責我，弄得我非常痛苦。但在她來說，給她錢、給她依靠、聽她嘮叨、安慰她的不安，是老爸的「現實功能」。他總是堅強地守在她的身後，隨傳隨到，解決問題。

我想，老媽覺得，只要我也能達到爸爸的標準，她就安心了。我媽的每一句嘮叨和要求裡，都藏著她對我的期盼，也隱藏著她的恐慌。爸過世之後，她或許只哭過一次，但她的悲傷都落在言語之間。有時我會想，如果老爸還在，她根本不會盼望我能夠立刻撐起一切，可能還會給我足夠時間或金錢去轉圜，甚至會勸我爸：「別想太多，現在景氣不好，我們當老人的，能幫就幫點。」

但我們什麼也沒有，只是茫然和困惑。我媽想在我身上找答案，而我卻一直令她失望。

我背道而馳，偏離老爸設定好的軌道，走自己的路去了。在老媽看來，我就像嫁了一個不被祝福的對象一樣。她看我走得越遠，越覺得害怕。而她能阻攔我的唯一方法，就是拿錢說事。

她想把我逼回正軌上去，但我是不會回頭的了。

此事之前，我們發生過無數爭吵；此事之後，口角也沒少過。但就在那一天，看著落地的菜刀，我終於明白，短時間內，我是永遠無法讓老媽滿意了。

要解決這件事情的唯一方法，就是我們暫時隔開一陣，彼此冷靜。

我於是搬家，與同事合租房子，獨立生活。

7 他是不是告訴妳，恨不相逢未嫁時

之所以花這麼長的一段篇幅講老媽和我的衝突，並非想要尋求認同（事過境遷，誰是誰非都已沒有意義），只是想要說，兩個人，即使是在同一個屋簷下，從小生活在一起的母女倆，也是截然不同的兩個個體。

如今回想過去，生活從來不是一條痕跡明顯的道路，而是一段一段實線與虛線的連接。路徑未明的時候，我覺得老媽跟我走的不是一條路，她與我背道而馳，即使同行，她也是扯住我後腿的絆腳石。

但如今回頭看又是如何？答案可能截然不同。

我必須要快速轉過這一段，因爲生命的調整是一條又臭又長的路，尤其是兩個人的調整。如果細細詳說，可以滔滔不絕地說上十萬八千字。令人厭煩。

無論如何，事後證明，把獅子與老虎從同一個屋簷下分開，也是一種解決問題的方式。時間和距離都是帶有美感的東西。恍恍惚惚、看不清楚的時候，烏煙瘴氣也能看成滿山煙雨。兩個人分開，頂多用電話吵架，很多事情就好辦了。

美好的電話聯繫是一種溝通的藝術，掌握好道別的時機和方法——轉換成白話來說，就是該掛電話時快點掛斷，斷開戰線，少說廢話——就能大事化小，小事化無。

我開始過起想要的生活，沒有老媽嘮叨、不會有人半夜跟我要錢，生活裡只有工作工作工作。不想回家的時候，只要說「這週加班」「工作很忙」就行了。理由冠冕堂皇，無懈可擊。

而幾個禮拜見上一次，上次吵什麼架，再見面時都忘記了。我們有一種「小別」的親切感，會噓寒問暖一陣，能夠一起坐下來吃個飯。然後我會在「她看起來又要炸了」之前，腳底抹油快速開溜。就算逃不了，互相放話（「妳閉嘴」「妳才閉嘴」「妳滾」「臭老太婆誰想跟妳待在一起呀」），摔門離開，也不失爲一種轟轟烈烈的道別法。

但有句話說，良心是你全身上下哪裡都好，就是那裡感覺不好的存在。把老媽一個人丟在家空虛寂寞，我有很深的罪惡感，總覺得自己是個逃兵，沒有解決紛爭的能力。

但很快我就發現，生活中許多問題不一定要立刻找到解決的方法，有時候逃避，或者該說是迂迴曲折地繞一下彎是必要的。

而且，生命會自己找到出路——只要你願意放手。

少了我這個窩裡鬥的對象之後，媽很快擴大了原本內縮的生活範圍，向外發展。她找不到發洩的目標，於是增加可以發洩心情的活動，很快把平常的晨間散步，上升到專業層級的登山運動。

我家附近有座小郊山，爸退休之後，每天清早起床就跟媽去山上走一圈，來回兩、三個小時，下山之後順便逛個市場，中午回家燒飯。這樣走上一圈，一整天的運動量都夠了。爸離開之後，媽雖然也同樣規律進行晨間爬山的運動，但顯得興趣缺缺，大概是少了個伴的緣故。

某一次回家，我發現客廳的一角堆起了幾樣類似睡袋、登山杖之類的陌生物品，心中滿是困惑。緊接著，又發現桌上攤著一張某支登山隊的活動傳單，上頭琳瑯滿目列著一年份的登山活動時間表。媽戴著老花眼鏡，瞇著眼睛，認眞地研讀著內容，樣子就像在看八卦雜誌一樣地熱情。

我一邊喝水，一邊佯裝不以爲意地問：「妳在看什麼？想爬山哪？」

老媽說：「對啊。」

我指著登山杖問：「爬附近的那座小山，需要準備這些道具？」

老媽說：「這是爬百岳用的。」

水從我的鼻子裡嗆出來，害我咳了半天。百岳？是我聽說過的那個百岳嗎？臺灣百岳到底有哪一百座山，我一無所知。合歡山算不算百岳之一？陽明山鐵定不算吧！玉山一定在百岳之中吧！我媽這種平常爬爬圓通寺、陽明山，走走烏來步道，頂多跟朋友去過合歡山看初雪的人，居然想要爬玉山？這不是個笑話嗎？

但我也不傻，這種時候嗆她，絕沒有好結果。於是我若無其事地說：「妳都這把年紀，別鬧了。百岳什麼的，年輕人爬爬還可以，妳啊，我看算了！」

媽抬起頭來，說：「我這個年紀怎麼啦？人家登山隊裡面，和我年紀差不多的人可多了。」

我說：「但他們都是有經驗的人，從年輕爬山爬到老。」

我媽說：「經驗什麼的，現在攢也不遲啊！我已經想好了，做事要循序漸進，先從小山開始爬起，慢慢累積。我算過了，就算爬不滿百岳，五十座也行。」

我從生命經驗中學習到一件重要的事：萬萬不要澆人冷水，尤其是我媽的冷水。她想幹什麼就讓她去。

現實遲早會讓她明白，什麼事情可行，什麼事情力有未逮。等到她發現自己做不到了，自然會打退堂鼓。

與人相處，有時候要學會放羊吃草。而我媽，就是那隻羊。

況且，那時候我開始了另一個階段的生活。

搬出家門的那一年，妹妹終於大學畢業，開始工作，在經濟上，我得到了某種程度的自由。我只想享受自由，不想增加負擔，於是對於老媽的計畫，我決定用旁觀者的態度，悠哉以對。

媽不停添購各種登山裝備，登山靴、各種大小尺寸長短不一的繩索、大大小小的登山背包、露營用的營帳、睡袋、禦寒的毯子、高山煮食的卡式瓦斯爐……她還買了好幾件登山用的外套，每種都有不同的功用，但每件都標榜又輕又暖。

我幾次看著她手腳笨拙地打著繩結和套勾，口中喃喃自語，「咦，爲什麼解開了？爲什麼又解開了？」覺得很好笑。

我說：「妳小心點啊，別摔下山去。」

媽從老花眼鏡後面瞄我一眼，說：「不會的，我多練幾次就順手啦。」

隨著裝備逐漸齊全，她開始四處征戰，先是烏來的郊山，然後是稍微遠一點的拉拉山，接著慢慢開始爬一些光聽名字都覺得很威武的大山，什麼大霸尖山、南橫縱走……每次她回來，總是自豪而驕傲地說：「哎呀，我又爬了一座（兩座、三座）百岳……」

她穩定地在積攢自己的百岳攻破數。

起初，我覺得她往戶外運動發展是件好事，登山消耗的不只是她的體力，還有她那種憤世嫉俗看誰都不順眼的怪脾氣。每次老媽爬山回來，總會有幾天安靜，不管跟她說什麼，她的態度都很好，很溫柔，很和氣，很好說話，還帶著罕見的爽朗，好像把負面情緒都留在山裡，只帶回燦爛陽光。

登山後的老媽，正常多了。

而且登山隊的成員眾多，來自各行各業，認識這些人，對她來說，等於開啓了新的生活領域，不管在思想或行爲上，都是很好的刺激。

但我沒想到，登山隊這種環境男多女少，又都是因爲相同興趣而聚在一起，日久生情，難免擦出火花。

我媽於是與別人日久生情。

人生很多事情是：沒碰到，不知道。譬如說，在此之前，我眞的沒想過，媽在感情上面會有別的發展。

這話說起來有點毛病，都什麼年代了，喪偶的女人爲什麼不能有新的感情？但我就是沒有想過。

好像這種事情發生在任何人身上都合理，但發生在我媽身上就怪了，哪裡說不過去。簡單來說，我沒有做好準備。

而我是在毫無準備的情況下，被老媽這列瘋狂南下列車撞斷老腰的！

事情發生在一個再平常不過的工作天。那天早上我在辦公室裡伏案工作，忙到一半，忽然接到媽的電話。

她不是一個會隨便打電話到我工作地點來的人。電話中，她語焉不詳、言語含糊，語氣緊張焦躁，一個勁兒地催我回家。

她反反覆覆地說：「妳快回來，出了大事！」

我一頭霧水，問道：「什麼事？」

「電話裡沒辦法講清楚，總之，妳快回來！」

我不由得擔心了，「妳先跟我說啊！讓我有點心理準備。妳把房子燒了？家裡遭小偷了？」

她在電話那頭大喊：「比那更糟！妳別說了，快點回來！」

我也急躁起來，「冷靜一點，不要大吼大叫，先告訴我出了什麼事！誰受傷了？誰死了？誰怎麼樣了？現在就跟我說！」

我在電話這頭著急，而我媽比我更急，她嚷：「妳聽！有人在外頭鬧事呢！妳聽見沒？門外砰砰響，那人在砸我家的門！」

我愣住了，問：「妳做了什麼，讓人家砸我們家的門？」

這話問得沒頭沒腦，但思緒是很清楚的。我立馬覺得，問題出在我媽身上。

媽氣得跳腳，說：「妳怎麼怪我？我什麼也沒做呀！我告訴妳，那就是個瘋子，我怎麼知道她爲什麼砸咱們家的門？妳快回來啊！妳快回來！妳把她給我趕出去！別讓她在我們家門口吵吵鬧鬧。」

我理智地說：「妳先打電話報警。」

媽著急了，嚷嚷著：「爲什麼我要報警？不行！我不報警。妳回來叫她走！妳到底回不回來？」

我有點不能理解媽的邏輯。有個瘋子在我家門口鬧事砸門，爲什麼不報警？如果我說一句話就能把人轟走，這世界還需要警察幹嘛？我該改行當女超人了！

我跟老媽吵架是從不讓步，但我也不是無所不能的人！她是不是因爲總吵輸我，所以把我想得太威武了？

我被催促著告假，匆匆搭計程車回家。一開公寓大門，就聽見樓上傳來「砰砰砰」的拍門聲和大喊大叫。鬧事的是一位中年太太，她就像我媽說的那樣，狀若癲狂，目露凶光，咆哮跳腳，各種歇斯底里不正常。整棟樓的鄰居都被她的咆哮吼叫所懾，開了鐵門探頭看，見我回來，大家臉上都是一副不好意思的樣子，訕訕地把門掩上。

我困惑了，都鬧這麼久，鬧得這樣激烈，爲什麼沒人報警？

但我無暇多想，一抬腳就加入了戰局，跟對方拉扯起來。歐巴桑厲聲尖叫，口水直噴我臉上，揪著我的衣服歇斯底里地要我「給個交代」……我花了一會兒的功夫才弄明白，她的意思是——她先生外遇，對象是我媽。

這什麼天方夜譚？我都氣笑了，老實不客氣地一把推開對方死揪著的手，說：「您有病吧？有病要去看病，別鬧我家。小心我告妳！妳指控別人要講證據！妳有什麼證據？拿出來看啊！我們認識妳嗎？我們認識妳老公嗎？妳老公跟誰搞七拈三的我不知道，妳來我家大吵大鬧，憑什麼？妳老公在哪裡？在我家裡嗎？在這扇門裡面嗎？他要不在我家，我就叫妳賠償！告妳名譽損害！叫妳賠得家破人亡！」

那位太太氣得瞪圓了眼睛，尖聲嘶叫：「我老公總跟妳媽一起去爬山！他們總是在一起！」

我也吼回去，「妳是不是腦子有病？他們參加的是登山隊！登山隊裡面不只我媽一個人，還有領隊和其他成員呢！那種大型登山隊，一隊出去得有多少人？怎麼就成妳老公跟我媽一起去登山了？妳要是擔心妳老公出軌，妳跟他一起去啊！妳管著他，讓他別跟我媽參加同一隊啊！每個月開的隊伍這麼多，他為什麼總跟我媽一隊？他是不是跟蹤狂有毛病啊？妳怎麼不說妳老公跟嚮導是一對呢？妳是不是有妄想症啊妳？還有什麼證據，妳說！」

她氣咻咻地大叫：「他們兩個特別好，總是在一起說話，一天到晚互傳簡訊！我都看到了！我老公跟妳媽特別有話說！妳媽那個死狐狸精！」

「妳才是個豬腦袋呢！」我只想像了一下家母擺出狐狸精搔首弄姿的姿勢，就覺得渾身感覺都不好了起來。那個黃臉婆，那個歐巴桑，那個整天穿得邋邋遢遢，一早洗衣服、在廚房裡弄東弄西的歐巴桑，她都五十過半百了……狐狸精？她配嗎？「我就問妳，妳老公現在在哪裡？妳問他了沒有？他承認了嗎？他說我媽是他小三嗎？」

「他怎麼會承認！我就要妳媽給個交代！」她咆哮。

「媽的，我眞的受不了你們這些腦袋殘缺的智障！」我一抓狂就很難控制自己的情緒，也衝著她大吼，把口水往對方臉上回噴，「妳給我滾！有多遠滾多遠！滾回妳家去，把妳老公抓去跪算盤，問清楚到底是怎麼回事！我看妳是沒搞清楚狀況，妳知道我媽多富、多摳門嗎？她犯得著要當你老公小三？妳老公是每個月百萬千萬地賺錢嗎？他每個月幾十萬幾百萬貼補我媽嗎？什麼？他沒有錢！他沒有錢我媽還給他當小三？他們兩個難道是眞愛啊？哈哈哈，笑死我了！妳這種人是不是腦子給車撞過？聞一知十的能力沒有，看到一點什麼七七八八的，就自己寫出整本八卦雜誌出來了！妳是不是更年期？妳是不是神經病？」

我歇斯底里怒吼一通，對方也愣住了。她咬牙切齒瞪著我，明顯有點氣短，說：「我要再看見妳媽跟我老公怎麼樣……」

「少嘰嘰歪歪的！他們兩個眞要弄出點什麼，不用妳來，我就去把我媽的腿打斷！爬個山還爬出花邊新聞來了，都一大把年紀了，丟臉不丟臉？妳滾！妳現在就滾！否則我連妳的腿一起打斷！」

我在家門口一陣暴跳如雷，感覺自己頭頂冒煙，快要心臟病發，好不容易才把那個疑心病很強的阿姨給轟走，筋疲力竭地進了家門，就見我媽坐在沙發上，一臉滿腹委屈的樣子。

我氣得發抖，聲音都在打顫，「到底是怎麼回事，怎麼好端端的，有神經病找上門來呢？」

我媽說：「唉，他老婆就是那樣。」

我走進浴室洗臉，把那個中年太太噴在臉上和眼鏡上的口水給抹掉，餘氣未消地說：「誰老婆？喔，外頭那個！她眞的是妳朋友的老婆？妳怎麼會交一個這麼蠢的朋友！他人呢？出了這種事情，妳通知他沒有？他怎麼不過來看看，把他老婆帶走！這不是他老婆嗎？他應該出面解釋，去跟他老婆說清楚呀！什麼男人，懦弱、垃圾、亂七八糟、搞不清楚，出了事情就烏龜王八蛋，躲著不敢見人！這種事情，都是他們夫妻兩人沒講清楚鬧出來的，我們眞是倒楣，遭池魚之殃！」

我媽一路敷衍，嘴裡哼哼唧唧地說：「也不算是池魚之殃啦……」

「不算池魚之殃那算什麼？無事家中坐，禍從天上來！她這樣亂鬧一通，左右鄰居怎麼看我們，丟人丟到家了我……等等，妳說什麼？不算池魚之殃？」我從浴室裡衝出來，手上和臉上都是泡沫，朝我媽大吼。「我去，妳眞的給人家做小三啊？」

我媽的個性，從來都是戰，沒有退縮過，但這一瞬間顯露出了瑟縮。

她有點結結巴巴地說：「什麼……誰、誰小三啦？胡說八道，沒有這回事！我們就是談得來，談得特別好。他說，他跟他老婆早就沒有感情了，她不懂他，也不喜歡爬山，他們在家裡相敬如賓，但談不上話……我跟妳說，他是個可憐人，跟妳爸很像，一輩子給家人做牛做馬，賺錢養家，現在老了、退休了，孩子都大了，搬出去了，每天在家裡對著說不上話的女人，只好出來透透氣，才碰上了我……」

「閉嘴！立刻閉嘴！」我豈止歇斯底里，簡直就要發瘋了。「妳住口，一句話都不准說！什麼跟我爸一樣？誰？誰？誰？誰能跟我爸相提並論！我怎麼會幫妳說話呢？我就應該開了門讓那個瘋女人衝進來把妳暴打一頓！妳的意思是妳眞的是人家的小三？」

「當然不是！我們就是特別談得來。」媽有點忸怩，說：「我沒有想要跟人家怎樣，都是他說的，他說他想跟我一起過日子。」

「妳現在立刻打電話給他，告訴他，他老婆不弄死他，我也要弄死他！人渣王八蛋！自己的日子過不好，跑來混亂別人的生活。他想跟妳一起過日子，妳想嗎？」

我媽說：「現在還不想，以後想不想，我不知道。」

「妳不許亂想！」我尖叫，幾乎瘋狂。「妳要亂來出了事，我怎麼辦？妹妹怎麼辦？老爸怎麼辦？妳看看，一個人渣心猿意馬，就搞得老婆殺上門來。妳要是也不堅定，眞的要完了！」

「人家很誠心，他追我啊！」

我覺得我剛剛沒在門外腦中風，現在也快要瘋了。我怒極反笑，說：「他是不是還告訴妳，他一直想要找的、一起過日子的人，是像妳這樣的人？你們才有共通語言？才有共同興趣？他好傷心沒能在更早的時候遇見妳？最好是恨不相逢未嫁時？」

媽用一種半信半疑的眼神看我，那個樣子就像是聽到了神諭。「咦，妳怎麼知道？我有告訴過妳這些嗎？」

很多時候我都不明白，媽對著我的時候總顯得特別英明，無論我說多高明的謊言都無法欺瞞她，但對著外人的時候，她的智商就直線下降，好像腦子被驢踢過一樣的傻，再蠢的話她也會相信。

我大聲咆哮：「這還需要妳說嗎？妳看的那些愛情電影、八點檔連續劇都餵狗吃了？

人家騙妳，妳也相信？妳是不是需要去看一下醫生？不是精神科醫生，是腦科醫生！我給妳介紹醫生好不好？我合理懷疑妳腦子有病！」

她還想要幫對方說話：「哎呀，妳沒見過人家，不知道那是怎麼樣的一個人。他不像妳講的那樣。他真的很老實、很誠懇、很不會說話……是個很善良的人，講的都是真心話，不會做假。」

我好希望能搖醒我媽，但你能搖醒一個刻意裝睡的人嗎？我說：「媽，這種事情還需要我教妳嗎？到底妳是我媽，還是我是妳媽啊？真正老實誠懇善良不會說話的人，根本不會打一個寡婦的主意，尤其當他還是有婦之夫的時候！他要真的老實誠懇善良，怎麼不離了婚再來找妳？還有妳！人家追妳，一個有婦之夫追妳，妳不把他踹到十萬八千里之外，妳還留著，幫他說話？他媽的，妳不用幫他說話！人是怎樣的人，不是看他說了什麼，是看他做了什麼！妳看看，他老婆找上門來，他卻像龜孫子一樣地躲著！這麼孬，簡直廢物！這種人，本質就是個渣，妳還看不出來？妳腦殘？妳幾歲啊？他要真有心追妳，就先把他老婆的事情先處理乾淨，再來談感情！有本事他離婚啊，現在就離！了斷一段感情，再去追求別人，這道理妳難道不懂嗎？」

「他說不能離婚啦！」老媽認眞地解釋，「他說，他老婆一輩子都跟著他，現在年紀大了，對外頭一無所知，離開他就活不了。很可憐的！」

我被逼瘋之後，反而冷靜了。「到底誰離開誰就活不了？啊，我眞想找把菜刀撬開妳的腦袋，看看裡面都裝了些什麼，屎嗎？」我說：「妳的意思是，他打算這樣，在家裡跟老婆長相廝守，在外頭跟妳不清不楚？眞好啊！家裡有個黃臉婆，衣食住行都幫他料理了，外頭有個志同道合的小三，談情說愛，一起爬山……妳知道眞要弄出點什麼來，你們算通姦嗎？還敢說他像爸爸？我爸會做這種事情嗎？我爸會在外頭搞小三小四小五小六嗎？我爸會讓妳像他老婆那樣受委屈，跑到別人家大吼大叫撕打吵鬧嗎？我爸遇事會躲起來，兩方不管嗎？我爸是這樣的人嗎？是嗎？這都是些什麼破事呀，眞他媽的噁心死我了！」

我氣得踹牆捶桌子，又跳又叫，砸得砰砰響。

「妳這團亂七八糟的狗屁拉雜，都別再說了！妳只有十五歲、十六歲嗎？妳要只有那個年紀，我還可以說妳是純情少女，不知世事，天眞爛漫，但妳都五十好幾快要六十歲的人了，還講什麼天方夜譚！現在就去給我把這段感情了斷了！妳不怕被人指指點點，我怕！我受不了這種事情！這個世界不是只有妳一個人活著，還有別人。妳替我們想想好不好？這些話敢對著我說，妳能對妹妹說嗎？妳敢走到人前去說：『對，我就是破壞人家家庭，我就是個小三！我頂天立地，我問心無愧！』妳敢說嗎？」

我怒氣衝天地殺出門，臨走之前還對她吼叫，「立馬解決這件破事，不要讓我再看到同樣的事發生！否則不用人家找上門來，我打斷妳的腿！」

我氣沖沖地回到租屋處，一頭倒在床上，把怒氣都發洩在枕頭上。

大怒之後，醒過神來，頭暈目眩。我就想，怎麼會這樣？

我媽那個死要錢的瘋婆娘，怎麼突然變成香餑餑，被有婦之夫追著跑了？還說什麼兩人談得特別好！笑死我了，怎麼可能。從我出生至今認識她要三十年了，我們就什麼也沒談出來過！

她怎麼會意志這麼不堅定？怎麼會這麼簡單就被人家胡說八道幾句騙了去！我媽那個傢伙，是八點檔連續劇和各種韓劇日劇偶像劇歐美愛情電影餵養出來的老怪物，那些影視素材裡，這種外遇劈腿的劇情還少了嗎？

她不可能太單純——都快六十歲了啊——更不是愚蠢到不知道現實——雖然在這個家裡消磨了半輩子，但她並不是只活在高塔裡的公主，蠢到誰喊都能放下頭髮——那麼她到底是在圖什麼呢？

以上都是我冷靜的時候思考的問題，但等到午夜夢回，半夢半醒之際，腦子裡冒出的就都不是這些理性歸納的問題了。

我忽然想起，人家「正宮娘娘」雖然單槍匹馬地來，捶門踹牆地要我媽出來「給個交代」，但那可是大老婆手撕小三的世紀大戰啊！如果對方殺傷力強大一點，或是激動到失去理智，準備什麼硫酸王水尿液糞便之類的玩意兒朝我潑來，我……我眞比竇娥還冤！

人家說防人之心不可無，但沒有說得防著老媽啊！在危急的時候把我推出去做擋箭牌……有這種媽，我人生真的不需要什麼敵人了！

忍不住怒火，我夜半打電話去質問她。「妳大老遠把我從市區叫回來，也不說清楚狀況，我一點準備也沒有，要是弄個不好，她帶刀來同歸於盡，我怎麼被戳死的都不知道！」

我媽向來是一個在真正危險的事情上缺乏危機意識的天兵，她不耐煩地說：「妳想太多了，不會啦！」

「怎麼不會！難怪妳死不肯開門，躲在屋子裡面……妳才是龜孫子呢！」我氣得要死，感覺在這一齣鬧劇裡，我就是個牽扯受控的木偶，被人拖來拖去當槍使。虧我還振振有詞、理直氣壯地指責別人，護衛我媽……但她畢竟是我媽啊，雖然一直那麼不靠譜，但無論發生什麼事，我總是理所當然地先相信她。

想到這裡，我又更火冒三丈了，對著電話那頭疾言厲色地說：「妳一定要跟那個人斷乾淨。人家有老婆有小孩，他要對自己的家庭負責。妳可不能再糊塗了，聽懂了沒有？你們最好連朋友都別做……什麼叫做乾乾淨淨？妳看他老婆都到我們家門口鬧事了，妳去問樓上樓下，誰還相信你們之間乾乾淨淨？就算乾乾淨淨、一塵不染，妳也得跟這個人分得遠一點，免得給他老婆多餘想像的空間。媽，妳年紀不小了，別做這種不負責任的事！」

很多事情發生在別人身上，我們總是能輕鬆、簡單地整理出頭緒，扼要地歸納出輕重緩急，該怎麼做、不該怎麼做，但同樣的事情發生在自己身上，誰也不知道自己會做出什麼來。

就像我乾脆俐落地交代老媽必須分手，說得理直氣壯，再容易也不過，但執行的那個人可未必這麼想。

媽和那個阿伯的關係並沒有那麼容易斷，他們又維持了幾個月隊友的友誼……許多年後的今天，我願意用「友誼」來形容這樣一段感情。或許真如我媽所說，阿伯很寂寞。

試想，人忙了一輩子，好不容易熬到退休了，回過頭來忽然發現自己在職場上的所有努力，一切歸零。他半生忙碌工作，卻也半生疏忽家庭——這是那個年代的老先生們常有的狀況——等空下來才發現，無論是孩子或老婆，誰都不再需要他了。

他在家裡可能有著舉足輕重但也無足輕重的位置，就像是一隻披著虎皮的綿羊，說話還挺疾言厲色的，擺出老爸的款，但沒有了威嚴。他活在過去裡，跟不上時代也追不上現實，於是把體力都用在登山隊裡。

登百岳和一般爬郊山是完全不同的運動，那是體力和意志的考驗，人很容易從彼此互助的關係中，發展出伙伴、兄弟、家人，或似有若無的感情，他可能有點心猿意馬，但沒有太多惡膽……他並不是老練的玩咖，甚至不懂得掩飾隱藏蛛絲馬跡，連手機簡訊也不懂得刪，才被老婆發現。

我願意這麼去想這個人——他不完全是個壞人，只是心猿意馬、邪膽向外生但又搞不清楚狀況。

他太太打上門來是夏天剛開始時的事，到了中秋節，一場意外徹底結束了這段模糊曖昧的關係。

那年中秋節前，我媽參加了南橫縱走的登山隊，原本預計中秋節要回家。但放假的那天早上，大約清晨四、五點左右，我妹突然打電話來。電話那頭，她用半夢半醒地含糊語氣向我報告一樁怪事。「剛剛有個人打電話來，說他是南投消防局，說媽媽在山裡出了意外……摔到山谷底下去了……說現在狀況不清楚，不知道生死……姊，妳說，這是不是詐騙集團啊？」

我在恍惚中睜開眼，落地窗外，夏天的清晨天色亮得早，但從我的惺忪睡眼中看來，一切顯得模糊而曚曨，手機那頭妹妹的聲音沙啞含糊，像夢境中殘留的囈語。

8 銀髮族的3C大作戰

有些話，就是一語成讖。

幾年前，我曾跟老媽半開玩笑地說：「妳小心點啊，別摔下山去。」但我怎麼會知道，幾年後她眞摔下去了？

老媽的命是撿回來的。她摔下山谷，沒摔破腦袋、折斷脖子或脊椎，只摔斷了腿。在嚮導山青和許多人的通力協助之下，用直升機把老媽從南投的山谷中吊掛出來，送到東勢，又轉送臺中梧棲的醫院。

因爲消息傳達不清，在趕赴臺中的路上，我做了各種最壞的設想。我想像她頭破血流、身上插了樹枝或樹幹（就像美劇中的急診室場景），想像我們這一面可能是此生最後一見，想像她奄奄一息淚流滿面地對我道歉，「這麼多年來，是我對不起妳……」

做爲一個長年編織故事的人，我用盡身體每一個想像細胞，編織了各種戲劇性的場景，但怎麼也沒想到，一個重傷（大腿髖骨摔成三塊，從三、四層樓高的山崖上像拍電影一樣咕嚕咕嚕滾下來，一身瘀青，內外傷兼具）、兩天一夜沒吃沒喝（都脫水了，嘴唇乾裂破皮）、受冷受凍、動彈不得，最後被直升機吊掛出來的傢伙，在急診室見到我們的時候，還能哇哇叫嚷，揮手喊人，「我在這裡！在這裡！妳們跑去哪了，怎麼到現在才來？」

我就只有一個感覺：我媽確實是個妖孽！她的生命力也太強大了！

倘若是我這樣來一遭，不死也半條命。但看看我媽，她眞是能在任何處境下保持強韌的意志。雖然不願意用這樣的形容詞，但那一瞬間我忽然明白，我從來都低估老媽了。她啊，就是那種能活千年的妖怪！

但作爲女兒，有些情景看了還是會於心不忍。譬如說，我不願意看到媽媽躺在醫院的病床上。即使她揮舞著雙手，嚷嚷說話，都無法掩蓋她動彈不得的事實。

而後面幾年，我經常看到她躺在醫院的病床上。

那驚天一摔把她的髖骨摔成了數塊。雖然醫生功力了得，勉強拼接起來，但人的身體恢復力有限，髖骨並沒有恢復，最後完全壞死。這個過程持續了好幾年，爲了搶救她的腿，保住她的行動能力，前前後後開過大大小小好幾次手術，平均下來，每年都得住院三、四次。但無論如何努力，最後徒勞無功。

有些事情必須要到親身經歷，才能體會那種感覺。

我年少的時候，跟媽的關係是天龍鬥地虎，同住一個屋簷下，家宅難安。我總覺得她是我的敵人，她有用不完的精力、發不盡的脾氣，任性、蠻橫，甚至相當瘋狂不講理，聽不懂人話。在互鬥最激烈的時候，我們甚至幾次發生類似對打的衝突，那時候我眞希望老天能夠伸手，把這個眼中釘從我生命中拔掉。

但當她眞的差點被拔掉的時候，我又不願意了。

從前，我一直見識老媽強橫的一面，但在醫院裡，我見到的是從未看過的那一面，迷糊、膽怯且手足無措。每次送她進開刀房之前，我總得握著她那有點發冷且潮濕的手，聽她嘮叨而嘴碎地說著一些無關緊要的家常事情：記得跟房客催房租、這兩天我住院，誰去收信箱、妳知道我的郵局提款密碼嗎、我把一個鍋借給鄰居了，過兩天去幫我要回來、等等出來之後記得讓我平躺，別讓護士把床搖高了，我會想吐……

你有沒有居高臨下俯視過一個人？站在病床邊俯視媽媽，那種感覺是完全不一樣的。我真真切切地發現，自己跟母親的差距。

在醫院裡，我是一切的負責人，醫生護士有事未必跟我媽說，但都找我說話、聽我拿主意，同樣的，我也得背負自己選擇的責任。

而最重要的是，我清清楚楚看見，媽仰賴我。她那些沒完沒了的嘮叨和碎碎唸，其實都藏著不能用言語說明但清楚流動的情緒——她害怕。

但媽怎麼會害怕？她是一個會害怕的人嗎？那個總是對老爸大喊大叫，對我張牙舞爪、夜半推搡著跟我要錢的母霸王，居然也會害怕？

可是，每次在開刀房外握著她的手的時候，透過她的微微顫抖，我都能感覺到她的恐懼，還有我的驚慌。

即使是最小的手術，也都有危險。我不想要她遭遇危險，我希望她能健康。雖然知道是妄想，但我無數次希望時光能夠倒流，回到登山出發前，就算必須對老媽亮刀子，我也要阻止她出門。

歷經多次手術，雖然砸了大錢在醫療上，但最後還是換上了人工髖骨。術後恢復結果良好，但後遺症是明顯的。她恢復了部分的行動能力，但成了長短腿，走路一跛一跛，能走平路和不太陡峭的斜坡，但不能爬樓梯、不能騎腳踏車，不能走太遠，更遑論登山了，往昔每天早上必去散步的郊山，如今是再也上不去了。

這一摔，徹底改變了媽的生活。她雖然沒說出口，但我立刻就發現，什麼是衰老。老，並不是病了、躺著、插著管子靠呼吸器生活，而是心情懶怠。

媽的生活迅速起了變化，她不太出門，整天窩在家裡看電視。經常一天到晚窩在沙發上看電視，握著遙控器，一臺換過一臺，從連續劇到打嘴砲的政論節目、無聊的電視購物，什麼都看。有段時間她甚至整天看ＮＨＫ，聽日本人報新聞。

我說：「妳聽得懂人家在說什麼？」

她很誠實地回答，「完全不懂，不過挺有趣的。」

我說：「哪裡有趣？」

她說：「聽他們說話，就像在日本一樣。」

媽健康的時候，曾跟著登山隊去日本爬富士山。那時，爬山、旅遊、泡湯是她生活的重心，日子過得多采多姿。她曾三番兩次向我描述富士山的美麗，還說要找時間去看櫻花，但受傷之後就再也不提此事。

我安慰她說：「妳等著，等再恢復一點，我放假就帶妳去日本玩。爬山是不行了，但泡泡湯、路上走走逛逛、吃點好吃的，看櫻花或看楓葉，都沒問題。」

別家的孩子這麼許諾母親，當媽的會有什麼反應？

反正，一定不會是我媽的反應。

她白了我一眼——離開醫院之後，那些軟弱無助恐懼什麼的，就與她無關了。她又開始難搞了起來——用一種「我把妳看破」的語氣，嫌棄地說：「等妳帶我出門，何年何月？妳沒假，也沒空，還沒錢。妳賺那點破錢都不夠自己花的，也不知道為自己想想，一天到晚蹲在出版社裡苦哈哈賺那幾個銅板，養得活自己就要偷笑了，還想帶我出去玩？妳付得起嗎？」

我摸了摸鼻子，深深覺得自己挺傻。

我是為了什麼總覺得老媽柔弱可憐呢？她受傷生病的時候戰力不濟，真像隻病懨懨的小貓。但等她恢復過來，就又變成大老虎了！

無論如何，這場長達幾年的治療，是我和老媽關係的轉捩點。在那以前，我始終覺得，媽是霸王龍再世，誰也無法欺負她。她撕下臉皮時，人生無底限，可以跟任何人——包括我——翻臉翻桌都像翻書一樣簡單。但後來我明白，她就是批著龍皮的蠢綿羊。

她嘴壞，那已經是改不了的毛病了，但她確實心不壞。她只是不知道該怎麼表達心善。

我忽然想起老爸當年總說「妳媽沒有壞心，她是刀子嘴豆腐心」之類的話。他與媽相處二十多年，是不是就因為看到了老媽的這一面，所以包容接納她這個人。

這個問題，我是永遠不能從老爸那邊得到答案了。

但那個時候，我的想法還很單純。關於愛情、關於夫妻，對我而言，是什麼鍋子碰到什麼蓋，做為一個鍋子，茫茫人海間，尋覓一個湊得上的鍋蓋，這樣就是一對。運氣好，一輩子都是一對；運氣不好的，湊上了才發現，鍋大蓋小、鍋小蓋大，搭不起來，於是分開。我從沒想過，老媽這個鍋子，在老爸之後，還能再找到搭得起來的鍋蓋。

雖然她曾經跟登山阿伯有過一段似有若無（？）的感情，但事實證明，登山阿伯並不是她的鍋蓋。後來她沒再爬山，也與對方徹底斷了往來。

鍋蓋不好找啊！我想，搞不好，世間就我爸這個鍋蓋適合老媽。經歷了那麼多人生起伏，媽也應該明白這個事實了吧？

但事實證明，我就是我媽常說的「沒腦袋」。我太天真了，一直都天真。

關於「賊心不死」這句形容詞，在我媽身上，總表現得淋漓盡致。

她爬不了山，就又轉移了目標。這一次，她把方向轉向交友，還是網路交友。

她要找個男人。

她要談戀愛。

和許多與老媽相同年紀的人一樣，我媽一開始是不會使用電腦的。但她也不是毫無基礎，她曾經參加過電腦補習班，還學過倉頡拆字。

但可能是因爲早期的電腦操作過於複雜，我媽有些適應不良，又因爲生活中並沒有一定需要她使用電腦和網路，也就不了了之。

這樣的人有一種特性，很容易因爲追趕不上、缺乏駕馭的能力，於是盡量把不擅長的事情「汙名化」。譬如說，我媽習慣用一種「坐在電腦前面就表示妳在玩」的態度說話，彷彿只要把工具和遊戲兩件事情扯在一起，這東西就不重要，學不會是理所當然的，擅長使用的人也沒什麼了不起。

於是我常常聽她嘮叨，「整天只知道對著電腦玩，也沒看到妳做出什麼名堂來。」

幾年後，在智慧型手機普及的初期，她也有類似的反應。

這是人性的常態。世界變化的速度太快了——不管在任何事情上——適應不良，因爲畏懼而排斥，是很正常的事。

但什麼時候，一個排斥科技的人會主動去接受科技呢？

答案是：有需要的時候。

和我住在一起的時候，媽一天到晚看我嗒嗒嗒地打字，聽我跟其他人透過網路說話，有一次她問我，「妳都跟誰說話？」

我說：「朋友啊。」

我媽說：「爲什麼不打電話？」

我說：「因爲用網路說話不用錢。」

我媽一愣，說：「免費的啊？這麼好？真的假的？」

我說：「我朋友人在海外，如果講電話，電話費一定貴死了，用網路說話免費。」

她猶猶豫豫地問：「網路很難用嗎？」

「不會啊，要我教妳嗎？」對於老媽這個 3C 苦手，我有一種好爲人師的優越感。「現在電腦設計很簡單，跟妳最早接觸的 windows 不一樣。那個時候，光開機就有很多步驟，現在變得越來越容易了，點著滑鼠就能做很多事。」

媽有點心動，但並不熱情。她想了想，說：「我朋友都不會用這個，我學了也沒有用。」

後來我搬出家門，之後的幾年內，沒人再提起這件事。

有一次我去看她，媽拿起一份剪報，朝我遞過來。

她說：「妳看看這個。」

我斜眼一瞄，發現那是個交友網站的廣告，還是給銀髮族專用的交友網站。我至今記得，與文字搭配的照片是一個白髮蒼蒼的日本老太太，戴著老花眼鏡，含笑使用筆電，一副遊刃有餘的樣子。

什麼是一語成讖？什麼是早有預兆？什麼是草蛇灰線伏脈千里？人生最有趣的地方就是，當某件大事在最初兆發的時候，置身其中的人，是一無所知的。所以在閱讀剪報的瞬間，打死我也不會想到，那張照片與我媽能扯得上任何關係。

我不解地反問：「這有什麼？就交友網站啊！」

老媽困惑地提問：「妳說……網路上，眞的能交到朋友嗎？」

我：「可以啊，我很多朋友都是在網路上認識，然後才轉成現實生活中的朋友。」

媽問：「所以妳也用交友網站嗎？」

我嗤之以鼻地笑了，「那太蠢了，誰用那個。」

「那妳怎麼在網路上交朋友？」

我說：「就網路上看看文章，互相說話，慢慢就認識了。」

我媽說：「那也是交友網站啊。」

我想了想，點頭承認。「這樣說也沒錯。但妳問這些做什麼？」

我媽小心翼翼地解釋，「這個網站好像是做給老人用的呢，妳看，它還有英文版和日文版……妳說，這意思是不是我能在上頭認識外國人啊？」

我不在意地一揮手，「可以吧，但是妳英文不好，又不會用電腦，怎麼認識人？認識外國人對妳來說有什麼用？」

媽天眞地回答：「認識了朋友，就能去找對方玩啊！」頓了頓，又說：「妳不要瞧不起我，我有在進修英文，妳那本英文文法書，我到現在還在讀呢！我也會用電腦，我還上過電腦班呢！」

我說：「當然啦當然啦，妳說什麼是什麼。」語氣非常敷衍。

我要解釋一下我的輕蔑，其來有自。

媽在受傷之後，因爲行動不便，所以我們換了一間電梯大樓的住宅，方便她出入。而我則搬到距她家約十五分鐘路程的老公寓裡。

爲了清空住了許多年的老家，我倆瘋狂扔東西，家具、書、各種多年積存的亂七八糟雜物，統統不要了。

扔東西是個大工程，有一天，媽在裝滿垃圾的大紙箱裡，撈出了一本我扔進去的《柯旗化英文文法》，她翻了一下書，發現裡面幾乎都是空白的，非常生氣，揮著書朝我大吼，「妳看看、妳看看，買了書也不讀，就這樣扔了……裡面都是白的，妳當初買這本書幹什麼？這不是浪費錢嗎？難怪妳英文這麼爛！」

我摸摸鼻子。我已經過了那種會因爲英文數學成績不好而感覺羞愧的年紀，對老媽的咆哮，毫無所謂。「那種東西買來就是安慰人心用的。」我理直氣壯地說：「買回來放在書架上，看著封面，我就覺得自己做了基本的努力。」

媽拿我沒轍，喃喃抱怨著，把書放進她要帶走的紙箱裡。

我提醒她，「妳要那個幹什麼？妳都這把年紀了，還想學英文嗎？」

她眉頭一挑，「怎麼樣，不行嗎？」

「沒有沒有、沒有沒有。」我連忙說：「妳喜歡就帶去，沒有問題。我看，妳順便連這個也帶走。」我從妹妹的垃圾箱裡撈出一整盒長春藤英語的錄音帶。「妳看，連拆都沒拆過，帶子都是全新的。我再給妳找一架能聽卡式錄音帶的錄音機，妳拿過去，連聽帶讀，事半功倍。」

我說這話的時候，純屬玩笑。做爲中文系學生，我對於外文能力的學習，在考上大學的那一天就徹底結束了。我媽都要奔六十的人了，這個當口想學英文？哈哈哈，怎麼可能。

但媽說：「好哇，正好一套，我帶到新家去讀。」

我覺得，她雖然這麼說，但並不是認眞的。

即使認眞，熱度也不會超過三分鐘。

我對媽的英文程度是很低估的。她雖然是會計系畢業，但家庭主婦半輩子，能用到幾個英文單字？許多年前，當我還是個高中生的時候，曾跟老媽參加旅行團去紐澳玩。飛機上，我親耳聽見她把可樂念成咯喇，那發音之詭異奇譎，簡直不可思議，我爲此毫不留情地狠狠嘲笑了她好幾年。

那個時候，面對外國人她是很怯懦的。點餐、買飲料、點冰淇淋、買水果，買毛衣或綿羊油……不管做什麼，只要必須問問題或講價格時，就會把我推出去。就連在餐廳裡要杯水，她也不肯主動開口。出國去玩，她總是跟團，絕不敢自己獨自行動。

我想不出她有什麼目的或需求，會在這個時候生起讀英文的熱情。

搬家之後，我固定去她家「省親」。她有一張臨窗的大書桌，採光很好。每次去，就見那本英文文法書攤開在桌面上，書旁則放著她的老花眼鏡，紙筆俱全，看起來有模有樣，書頁間紅藍筆跡相間，而卡式錄音機則在一旁的櫥櫃上，裡頭確實裝著錄音帶，但沒聽它播放過。

我探問與媽同住的妹妹，「老媽眞的在讀文法嗎？」

妹妹皺著眉頭想了想，說：「有吧。我也不太清楚，有時會看見她坐在那邊讀書。」

「戴著老花眼鏡讀書？眞的假的？」我半信半疑。「錄音帶呢？她眞的有在聽嗎？」

「這我也不清楚。我在家的時間不多，工作太忙了。」在餐飲服務業上班的妹妹，工作時間比我還長還辛苦。「我回家總是累得要死，睡著的時候，打雷都聽不見。不過，有幾次我看見媽在那裡捲卡帶。」她比畫著捲錄音帶的動作，「妳知道的，卡式錄音帶都這樣，弄得不好，就會絞帶……搞不好她眞的有在聽也說不定。」

我嘴角抽搐了一下，說：「好，有聽就好，有讀也很好。比起成天看電視，讀點英文也不壞。她整天抱著電視看，看得人都鈍了，弄得不好，腦子提早退化，那才叫麻煩。」想了想，我又說：「我還是給她找幾片光碟版的英語會話吧，捲帶子什麼的，太麻煩了。」

但話這樣說，一離開老媽家，我就把這事忘到九霄雲外去了。

而現在她舊話重提，我又想起了那本英文文法書和一卷卷英語錄音帶。我就在想，一個人到底要有多麼自信，才會相信自己讀了文法書之後，就能跟外國人對話？

我媽，在某些時候，確實是一身傻膽啊！

我開門見山問：「妳想用電腦上交友網站？」

媽態度有些猶豫，說：「……不一定要上這個網站，但是……能學學電腦也好。」

「那好，我正好有一部桌上型電腦要淘汰，整修一下，也夠妳用的了。我搬過來給妳吧。」我說：「反正妹妹有網路，牽一條線過來裝在電腦上，妳就能上網了。」

老媽一聽這話，沒有喜悅，反而有點生氣，她抱怨地說：「爲什麼我得用二手的電腦？爲什麼我不能買新的？」她指著報紙上的照片，「妳看看，人家都用筆電呢，爲什麼我得用桌上型？那麼笨重，那麼慢！」

我白眼翻上天。「我的桌上型電腦是特別配置的，三、四年前，配備可是一流的！那臺電腦可以打連線遊戲，妳想拿來做什麼？上上網、看看新聞，也就差不多了！妳用我的二手電腦，跑得跟飛的一樣。」

我媽不滿，怏怏猶有不足，但最後還是接受了，但還是嫌棄地說：「妳的電腦顏色灰灰白白的，很難看，不能換個顏色嗎？」

我深呼吸幾次，忍耐著不巴老媽的頭。人到了一個年紀，在某些時候，總顯得幼稚，而且會越來越幼稚。

我說：「那妳要什麼顏色？粉紅色？大紅色？我說，妳這個人怎麼老是眼見爲憑！懂不懂行情啊？那個機殼是鋁合金的，一個要多少錢妳知道嗎？銀色是它的本色！看事情別老看外表。電腦這種東西，不是看顏色，是看它的效能。知道鋁合金機殼散熱性有多好嗎？妳啊，烏鴉吃大麥，愛要不要，隨便！」

老媽用無奈妥協的態度說：「好吧，妳拿來吧，我先用用，上手了再買新的。」

但很多時候，我都把事情想簡單了。

譬如說，在把電腦搬到老媽家裝上的時候，我沒有想過，這個動作會給自己招來如惡夢般的後果。

所謂「冤有頭，債有主」，我就是我媽討債的那個主。從那天開始，我就進入了漫長的討債騷擾期。任何時候、無時無刻，只要我媽有問題，她就會打電話來衝我喊！

「妳快來看看，爲什麼我的電腦不會動了？」

「螢幕爲什麼沒有反應？」

「我開機了但燈不亮！」

「滑鼠爲什麼不會動？」

「爲什麼我點了半天，網頁跳不出來？」

「我開網站，爲什麼內容出不來，卻出現404？404是什麼意思？這是不是大樂透號碼？」

「螢幕『歐歐』（黑黑）的，怎麼回事？」

「妳來幫我看看是怎麼了，機器一直在閃燈！」

「黃色的黃色的，還會閃綠燈，亮來亮去，它是什麼意思？它怎麼了？」

「妳、妳快來啊，我開機之後，電腦突然說它要更新，然後它就不動了。」

「它又不動了！」

「它怎麼都不動！」

「聽不懂妳在說什麼，它反正不動了，壞了啦！妳這個電腦爛死了！都是妳，爲什麼給我二手的，不肯買新的給我？它就是舊了才這麼容易壞。我不管！我要上網！現在就要！快來幫我！」

這些電話白天打來，晚上打來，有時候，半夜也會打來。但說起來，問題都不完全出於電腦，主要還是使用者腦殘。電源沒插、螢幕沒開、電線脫落、網路線脫落、網路機盒沒開……凡此種種愚蠢的出包原因，在我媽身上都發生過。

最痛苦的是使用滑鼠，她永遠分不清楚什麼時候要點一下滑鼠，什麼時候要點兩下。而當新買的滑鼠上出現滾輪和各種游標按鍵的時候，複雜度一下提升十倍八倍。這結果就是，我無時無刻都有可能被老媽電話騷擾，而她拋出的問題，在我看來，簡直低能到極點。

每天被腦殘問題干擾，就像一天到晚看見攔路虎擋道。而且無論我看來多麼低能的問題，在媽看起來都是最複雜的。

她很難理解3C商品的構成邏輯，記性又不好，只能凡事做筆記。於是乎，她的桌上忽然多了一大堆便利貼和寫得密密麻麻、花花綠綠的電腦使用筆記。

我有一次手賤，隨手拿起一本筆記翻來看，不看還好，一看嚇死。老媽的筆記大概長成這樣：

MSN通訊軟體登入方法：

01.開機（電源在主機上，最大的、圓圓按鈕）。

02.等三分鐘，等到電源上面的燈轉成綠色再用。

03.Msn按鈕在左邊第二排第二個，綠色藍色兩個小人框。

04.滑鼠移過去，在小人身上點一下，用力一點。

05.跳出長框。

06.滑鼠，過去，按帳號框裡面，點一下，用力一點。

07.用鍵盤打帳號，帳號是ooxxooxx

08.滑鼠，往下，按密碼框裡面，點一下，用力一點。

09.用鍵盤打密碼，密碼是ooxxooxx

10.亮燈小人是朋友上線，沒亮燈小人是不在線。

11.滑鼠過去，在小人頭上「嗒嗒」兩下，快一點。

12.跳出對話視窗。

13.在下面白框打字。

「什麼叫做點一下，用力一點？快一點？」我看得一頭霧水，「什麼叫做『嗒嗒』兩下？」

媽用「妳怎麼那麼笨」、「這還要我教妳嗎」的神情看我，「就是快速點兩下啊！」她邊說邊抬起右手，在半空中虛擬出使用滑鼠的姿勢，嘴裡說：「嗒嗒！嗒嗒！嗒嗒！這樣。」

我忍住對空長嘯的衝動。「妳爲什麼要這樣記啊？嗒嗒！誰看得懂？」

「我看得懂就好了。嗒嗒有什麼不好的？我這樣寫，才記得起來嘛！」

我眞心覺得，如果心情抑鬱、生活中感覺挫敗，就去教媽媽使用電腦，十分鐘內就會頓悟世間無難事的眞理，至少，人生很少能有比教爸媽學電腦更難的事。我佩服那些在電腦教室授課的老師們，尤其是那些長青電腦班的老師們，他們到底得修爲多深，才能忍耐著不炸掉教室、不掐死學生？

他們眞正是在做功德啊！

如果我媽使用電腦的筆記長成那樣，那麼，話歸正題，我媽來找我求救修電腦的時候，對話之愚蠢，也就不難理解了。

「我電腦又壞了！它不動了！」

「怎樣的不動法？」我問。

「就不動了！不、動、了！不、動、了！它、不、動、了！妳聽得懂嗎？」

「不用重複講三遍，我懂。但我要知道它是怎樣的不動。它停在哪一個畫面了？」

「畫面？就那個畫面啊。」

「哪個畫面？」

「就一開始的畫面啊！」

「一開始的畫面是哪個畫面？是開機畫面嗎？」

「什麼是開機畫面？是黑色的那個畫面嗎？」

「什麼叫做黑色的那個畫面？」

「就是開機的時候的畫面啊……唉唷，妳到底聽不聽得懂啊？妳怎麼這麼笨哪！什麼畫面不重要啦！它不動了啦！」

深呼吸啊，深呼吸！這個世界沒有那麼糟糕的。「螢幕現在顯示了什麼？是不是字？是黑底白色的字？還是在進入電腦後的視窗畫面？有沒有跳出小視窗的訊息？」

「什麼是小視窗？」

「……妳不知道什麼是小視窗？」我的耐性大概在三十秒內就消磨殆盡，剩下的就是憤怒了。「我有沒有說過，妳給我去上電腦補習班？不要我說什麼都聽不懂！」

我媽說：「我才不要去補習班呢！那裡的學生都很笨，沒有程度。」

「妳有多聰明？妳程度多好？妳連開機畫面和視窗訊息都聽不懂！妳的程度在哪裡？」

我媽也暴躁了，說：「我就是分不清楚又怎麼樣？妳別吼了，快幫我修！」

我壓住一肚子熊熊燃燒的烈焰，問：「在它不動之前，有沒有跳出什麼指示？」

「我不知道。」

「什麼叫做不知道？」

「就是不知道嘛！我沒看見。」

「所以沒跳出什麼訊息來？」

「對啦對啦！」

「那妳是不是按到了什麼？」

「我不知道。」

「妳怎麼會不知道呢？」我歇斯底里。「妳按到什麼自己不知道？什麼都不知道，妳到底知道些什麼？」

「我不記得了嘛！」她大叫：「我記憶力不好啊！」

我媽的說話邏輯經常如此，她在記憶別人的錯誤時，雞毛蒜皮小事都有著超人般過目不忘的記憶力，但如果是自己的事，就什麼都不知道了。如果我追究到底而她無法回答，她就說自己記不得、記憶力不好，必要的時候，還可以把問題推到更年期上頭。

我決定冷靜平和，不能被她帶著情緒跑。「那妳告訴我，現在螢幕上顯示什麼？」

「我不知道。」

「妳瞎了啊？」我又炸了！「螢幕上顯示什麼妳不知道？妳睜大眼睛看一看啊！」

「我不知道啦，我講不出來，藍藍的一片，好多字，都小小的……不知道在講什麼！啊，電腦壞了！爛透了！都妳不好，不買新的給我，給我二手的，才會這麼容易壞。」

對不起我得說髒話了。「幹，我聽妳在放屁！」我說：「算了啦，應該不是壞了，是妳開機的時候按到什麼，跳到其他介面去了。妳把電腦放著，去幹點別的事情吧，晚點下班了我過去妳家看看。」

「妳現在幫我弄啊！我現在就要用。」

「我現在在上班！」

「那妳教我怎麼弄。」

「我、妳……妳連發生什麼事情都搞不清楚，螢幕現在怎樣都不會形容，我怎麼教？算了，最簡單的方法，妳重開機吧！」

「怎麼重開？」

「暖開機會不會？」

「什麼叫暖開機？」

「Ctrl+Shift+Delete，三個鍵一起按。」

「什麼什麼？什麼三個鍵？在哪裡？螢幕上沒有啊……是電源嗎？」

「妳給我去上長青電腦班！」我又要崩潰了，「低頭，看妳的鍵盤……最左邊、最下面，是不是有一排鍵？最靠邊最底下的那個，是不是印著 c、t、r、l，是不是？有沒有？它上面那一顆，是不是印著 s、h、i、f、t？是不是？有沒有？」

「……沒有啊，在哪裡？我沒看見，我不知道！」

「妳有沒有在看啊？鍵盤，鍵盤在哪裡？」

「我不知道鍵盤在哪裡！」

我立刻就炸上天，在電話這頭嚎叫：「妳怎麼會不知道鍵盤在哪裡？妳是用念力在操作電腦嗎？鍵盤就是打字的那個東西！妳有沒有看到？」

「有啊！有啦！看到了啦！」老媽也動氣了，「好好說話，妳幹麼這麼激動啊？」

「我怎麼不激動啊！」我都快被逼得中風了。「講什麼都聽不懂，妳別修了啦，放著，我回來再處理。」

「不行啦，我跟網友約好了要聊天。」

「……不聊了啦！妳電腦都壞了。」

「不聊不行，我們約好了的。」我媽天兵地提議，「不然這樣，妳現在回來幫我修電腦。」

我一個字一個字地說：「這、位、太、太，妳、是、有、病、嗎？我、正、在、上、班、耶！」

我媽說：「妳搭計程車回來嘛！」她頓了一下，又開恩般地說：「沒關係，車錢我出！」

「謝謝妳的慷慨！」我氣得胃痛，「但我繞半個臺北搭計程車回家就是爲了幫妳修電腦？好讓妳能上網跟網友聊天？妳覺得我可以用這個理由跟老闆請假嗎？哪家公司的老闆能接受我這種無厘頭的請假理由？妳是不是想要我丟頭路回家吃土啊！」

我媽在電話那頭大叫：「那妳叫我怎麼辦？人家跟網友約好了聊天！唉唷妳都不幫我！我要怎麼辦啦？」

「涼拌。」我說：「晚點回去我幫妳修好電腦，妳再跟對方解釋原因。」

「不行啦，放人家鴿子不好，對方會覺得我是一個不守信用的人。誰會想跟一個不守信用的女人交往啊？」

我本來想要叫我媽放大絕，直接關上電源，三分鐘後再打開，重新開機來一遍。但沒想到狗急會跳牆，人急說眞話，她在慌亂之下說了令我瞠目結舌的眞心話。

我摔筆站起，「等等，妳什麼意思？什麼叫交往？誰在跟妳交往？妳在跟誰交往？」我怒吼：「喂，妳在網路上幹嘛？妳想幹嘛？妳不是爲了交朋友使用網路的嗎？怎麼變成交往了？」

「交朋友就是交往啊。」我媽理直氣壯地說：「這有什麼不對的嗎？」

這有什麼不對？這當然不對！這不對得太多了！

這就是明修棧道暗渡陳倉啊！偷天換日！拿狸貓換太子啊！

9 銀髮族的愛情大冒險

我媽的賊心，就像一簇很難滅掉的營火，總是在沙土底下悶燒，一有機會就要復燃起來。

而生活總是這樣，一事不解決，無論怎麼繞來繞去，總會回到問題的面前停下來。幾年前，我曾以為山中一摔，摔掉的不只是我媽的健康，還有她對於感情的迷惑和搖擺不定。我以為，那段搞笑又離譜的小三風波，只是人在失去重要依靠之後的短暫茫然和迷惘。時間會解決很多問題，包括一時衝動、包括腦子發熱、包括心猿意馬。我覺得，雖然清醒的過程非常痛苦，但人只要醒過來就不會犯傻了。

我不知道的是，真正能被時間解決的問題都不是什麼大問題。時光、歲月，就像是水波或浪濤一樣，或許會把某些雜七雜八的瑣碎帶走，卻也把無法解決的問題洗得更顯露、更清楚。

人生的重要課題，都是無法被沖淡的，也不是我大吼著威脅「小心我打斷妳的腿」，或是老媽從山上摔個十次八次就會消失。

它如果在那裡了，就會一直在那裡，你可以迂迴可以曲折，但最終還是會回到問題面前停下來。除了面對，別無他法。

年輕的時候我痛恨原地打轉的生活，我恨跨不過去的問題，但人進中年，漸漸我開始感謝命運的安排。因為每一次回到原點，面對問題，都是重新來過的機會。

爸過世後的那幾年，只要提到再婚的事，我總是難掩激動。說穿了，那激動是單純憤怒。我總有誰在背後捅了我一刀、被背叛的感覺。

別人家怎麼樣我不在乎，但我覺得，再婚這件事在我們家是不應該發生的。我爸是走了，走好多年，不會再回來了，死亡永遠帶走了他。但我覺得，有些事情不應該因爲時間而改變，有些人不管走了多遠都不應該被遺忘。他曾經存在過，對我來說，就是永遠存在，無可取代！

我不情願媽媽再交男朋友或再婚。說來自私，但我覺得，那就像是一個信號，好像老爸是可以被取代的，記憶是可以被洗掉的。

可以想見，有個人會走進我們的家，在爸爸努力建立起的地方生活。在餐桌上，坐在他的位置，用他的餐具吃飯，在他最喜歡的沙發角落，翹著腳看電視，到了夜裡，他會睡我爸睡過的床……老實說，每次想到這一點，我就覺得很崩潰。

我曾經做過幾次相同的夢，夢見自己走進書房，看見老爸伏首桌案，我喊了他一聲，但抬起頭來的那個人，卻是個陌生的沒有臉的人……夢本身並不恐怖，恐怖的是藏在夢底下，我深層的恐懼。

除了我反應激動，妹妹也有類似的表現。有幾次媽媽稍微表露意向就激得她大怒，甚至拂袖而去，把門摔得砰然作響。我倆雖然沒有溝通過，但看著妹妹的排斥和抗拒，我隱約覺得安心。我想，我不是獨自一個人在堅持，這個世界上，至少有兩個人是不願意老爸被取代的。

但饒是我很能說、很能吵，跟我媽叫嚷起來又拍桌又跳腳，全武行、冷暴力，就唯獨這種心態我說不出來。

我說不出「妳這樣做，那爸爸怎麼辦」「妳是不是不再愛他了」，我也說不出「我不喜歡別人取代爸的位置」「我不希望我們忘記他」，我更不能說「妳這樣做，我心裡很難過，因為爸爸對我很重要，我覺得妳跟別人在一起，是否定老爸的存在」「他不能再說話了，所以我得幫他說話，我堅持反對到底」……這些話都太眞實了，眞實到那麼天眞、那麼愚蠢，徹底表現了我的幼稚與自私，所以我說不出口。

因爲無論我心裡如何不情願，理智卻很明白：媽有權利選擇自己的生活方式，就像我選擇自己的生活、自己的職業，選擇搬出家門一樣。我們都應該過自己想要過的日子——再婚，也是一種人生選擇。因爲我個人的堅持，被迫讓老媽過她不情願的日子，未免太殘忍了。

而不能說眞心話的結果就是，每當老媽表露出這方面的意願或態度時，我總表現出鄙夷不屑否定的態度，用嘻笑怒罵嘲諷的方式，挑剔她、諷刺她，不停翻舊帳，拿過去的各種小事，質疑她的判斷力。

我翻來覆去地說：「妳怎麼知道妳能找到更好的人？被騙了怎麼辦？這是很有可能

的。妳看看，妳都這把年紀了，黃臉婆一個，又不年輕、又不漂亮，人老珠黃的，又這副爛脾氣，這個世界上還有誰會喜歡妳？會接近妳的人，一定都別有居心！那些人一定是衝著妳的錢來的。不然，爲什麼他要選擇跟妳在一起？妳太天眞了，一點防人之心都沒有，看，妳連那種假扮瓦斯公司的騙子都相信，花了好幾千塊換了根本沒有用的裝置，弄得滿屋子瓦斯瀰漫，差點炸了，還不相信自己被騙……媽，妳根本不懂社會殘酷、人間現實，妳只是妄想。我告訴妳，眞愛什麼的，我是不相信的，妳也最好別相信。我們都應該務實一點，畢竟生活從來不是偶像劇。」

這些話說得理直氣壯、鏗鏘有力，但不過是冠冕堂皇的藉口。我試圖用這些話說服老媽，也洗腦自己。我就像在玩打地鼠遊戲，看到任何萌芽的可能，就一槌子敲下去，想要把老媽打醒，把危機驅之別院。

但會這麼做，不僅僅是因爲我不願意改變現況，還有一部分原因來自於恐懼。

我不相信。我不相信這個世界上會有另外一個人，能像我爸那樣地愛我媽。

我說過，我有「一對」的概念。人生在世，你不是鍋子，就是鍋蓋；不是茶壺，就是壺蓋。我爸是最適切我媽的那個蓋子，失去了他，在茫茫人海中，像我媽這樣長得奇形怪狀、歪七扭八，說不清楚到底是鍋子還是茶壺的容器，想要找到下一個蓋子，談何容易？

即使有，也一定不如老爸那麼好。

而且，做爲女兒，面對老媽的任性妄爲，我經常有種打落牙齒和血吞的憤怒，隨時隨地都能被她激得想要張嘴噴火。但我們到底有血緣關係（某種程度來說，血緣關係經常是一種孽緣），天生下來我就攤上了這個媽，只得忍耐到底，這就是我的命，但外頭的人沒有血緣關係，有誰願意包容她的爛個性、臭脾氣？

更重要的是，我覺得，家是一個領地的概念。在家裡老媽可以橫行霸道各種不講理，我對內能讓她，對外，我可以把問題人物、麻煩鬼都踢出去，就像那時對付正宮一樣，她再怎麼踹門嚎叫，我都可以叫她滾！但老媽要跟誰在一起，成了某個人的女朋友或老婆，就會把陌生人帶進家裡，引狼入室，我再也沒有辦法理直氣壯地把對方轟出去。

還有，我是一個對現實沒有什麼信心的人。

這畢竟是一個看臉的世界啊！媽都快六十歲的人了，又不是妙齡少女，還摔傷了腳，走路一跛一跛的，明顯殘缺，她在婚姻的市場裡面，豈止是二手貨，根本是劣質品。這傢伙，只有在家裡才會被我們當成女王，在外頭根本就被當成垃圾。

事實上，好多時候，我都可以感覺到這個世界對於中老年失婚婦女的偏見，那眞是赤裸裸的敵意和鄙視。

爸過世之後，也不是沒有人介紹過婚姻或相親機會，機會還很多。譬如說，一次我搭計程車，司機是個中年婦人，五十來歲左右，車上閒聊，談到我媽喪偶的事，她熱心地說：「我大哥也死了老婆，五年多了。孩子都長大在外地工作，他一個人單身過日子，孤伶伶的，很寂寞很可憐。我一直想要給他找個對象。我看，妳媽跟我哥年紀相差不多，要不要試試看？」

我有點猶豫，也有點排斥，但臉上淡淡地沒表現出來，說：「妳哥哥有什麼條件嗎？」

女司機說：「沒有什麼條件，就是想找個人湊合一起過日子，互相有個伴。我哥人很老實的，老師退休，有退休金，也有房子。他喜歡清淨，每天就寫寫書法看看書什麼的，跟妳爸一樣，也是個讀書人。」

讀書人眞的適合我媽嗎？我有點猶豫。

喜歡清淨的人，碰上我媽那個碎碎唸狂暴症患者，會有什麼結果？

但我沒有明白拒絕對方，找了個理由說：「行啊，我們彼此留個聯絡方式吧，我先回去問問我媽的意思，如果她願意，再跟妳聯絡。」

女司機心直口快地說：「唉，這麼好的事，猶豫什麼！她都這把年紀了，有個四肢健全、身體健康的男人願意跟她在一起過日子，那是妳媽的福氣！」

是我敏感還是這話有問題？怎麼聽了，我覺得渾身不對勁呢？

我是個不能受刺激的人，立刻冷下臉來說：「凡事都是相對的。妳哥哥這把年紀，有個四肢健全、身體健康的女人願意和他在一起過日子，也是他的運氣。」

對方撇了撇嘴，說：「那能比嗎？那可不一樣。我跟妳說，男人是越老越有價值，女人是越老越不值錢，何況妳媽還是死過老公的，更跌價了。我哥如果願意娶她，是他委屈了。他願意，他兒子未必願意呢！」

當著我的面貶低我媽的價值？妳找抽吧！我立刻怒了，口不擇言地說：「死了老公怎麼樣啦？死了丈夫的女人哪裡沒價值了？按照妳的說法，您値幾個錢哪？妳哥都到這把年紀了，還想給他找個有價值的女人？我看，妳給他找個處女好了，最有價值！」

逞一時口快的結果，下一個街口我就倉皇下車了。不過我沒後悔跟對方鬥這個嘴。我就覺得，這都什麼亂七八糟的扭曲思想！世界上居然有這些無腦的白癡，用這種沒大腦的標準挑剔別人？

人無完人，要挑缺陷，誰沒有？我媽確實有點劣貨，但她是我媽，在家裡我可以指著她鼻子奚落，在外頭，誰也不能這樣說她！誰也不能！

但這事給我帶來莫大打擊。我覺得，如果連女人都能用這種態度貶低一個喪偶再婚的女人，開口閉口有沒有價值什麼的，那麼男人們又會怎麼想？

他們是不是也在心中用各種標準衡量對方的價值？

在他們的價值判斷裡，我媽值幾分？

我媽常說我天眞、浪漫，說我不切實際。但在這一點上面，我眞希望自己能更不切實際一點、更不在乎一點。但就因爲我看到了、聽到了、感覺到了，所以害怕老媽踏進這個殘酷而現實的世界裡。我不忍她受人評比、被人看輕……有時候我還眞希望，她能永遠是那朵愚蠢天眞的玫瑰花。

但是我阻擋不了改變和渴望改變的心。

有句老話叫做「海枯石爛」，人們總把這四個字看做永不改變。但在我看來，海枯石爛，就是改變。

時間也許無法解決問題，但它能夠改變一切。十年的時光，變化了我的許多想法。

隨著工作逐漸上軌道，我的生活越來越忙，也越來越難以顧及老媽，經常半個月、一個月才見上一面，每次見面，不過數小時，吃個飯、言不及義地聊幾句話，然後我就打道回府，又沉浸在工作中。很多時候，拿起電話打過去，我甚至想不出該跟她多說些什麼。

我通常都問一些自以為重要，但說穿了簡直就是無聊的問題。

妳吃飽了嗎?吃了些什麼?最近怎麼樣?身體還好嗎?妳在做什麼?

這些問題張口就來，能說上一大串，但翻來覆去不過如此。它們就像是一串既定的套路，虛應故事，缺乏誠意，毫無熱情。

而更多時候，在電話裡，我其實根本不太在意她講些什麼，只是亟欲述說自己的事。

我說，我的工作很忙、我老是加班、薪水不漲，工作量卻漲得不行。我抱怨老闆難搞、同事挖坑。面對生活，我有種時不我予的無奈……

有時我也說一些實際的話題：我家的貓怎麼了、我大學同學結婚了、另外那個誰誰誰懷孕了，第二胎……如果電話中沒有吵架，最後的 ending 總是相同的，我會說：等我有空，出來一起吃飯吧。

在意識到自己是如何跟媽媽講電話時，我忽然覺得非常恐怖。我想，打電話來跟我推銷信用卡或銀行信貸的推銷員，也不過就是這樣類似的語氣吧。

每一句「有空出來一起吃飯」的結尾，都是一句彌天大謊，其實它真正的意思是：我很忙而妳沒有那麼重要。等手邊的事情忙完了，在天時地利人和的情況下，我會想起妳的，到那時候再說吧。

我把心力放在自己身上，但媽的世界又剩下什麼？

一個週末的傍晚，我沒有事先通知，信步走去她家。一開門，發現老媽在陰暗的客廳沙發上打瞌睡。屋裡沒開燈，電視的聲音很響，但她已經睡著了，張著嘴巴，睡得很香。餐桌上是中午吃殘的菜，看樣子還是昨晚的剩菜。放在那裡沒收的意思是，到了晚上，她可能熱熱就吃了。

那個影像至今想來，仍然淒涼。

人生絕對是比較級。我忽然想起那些幾乎已經被歲月洗白了的遺忘的記憶，我想起爸爸還在的時候，他和媽是怎麼樣一起生活的。

那時候，家裡永遠是熱鬧的。

他們兩人好像總有說不完的話，又像一對連體嬰。爸退休之後，每天一大清早，兩人一起出門去爬附近的郊山，到了中午下山來，經過市場，挑菜買菜，回到家，兩人擠在狹窄的廚房裡，你推我、我擠妳地一起做菜。

我爸總要對老媽的手藝各種批評，一面說：「薑要片薄一點！哪有這麼厚的？我看算了，妳走開、妳走開，把刀給我，我來！換我來！」

老媽立刻反脣相譏，「你才走開！別跟我搶！你礙著我的事了。」

爸說：「哪有人像妳這樣弄魚的。妳不會弄啦，會切到手。」

媽說：「你給我出去！我就這樣弄魚，你有什麼不滿意的？我燒魚都燒了二十年了！你很煩捏，出去出去！」

「幹嘛趕我走？我不出去！我就在這裡看著。」

「看就看，但不許說話。」

「我偏要說話！」老爸說：「加酒加酒，去腥啊，妳到底會不會弄？」

「不要現在放酒！不要倒那麼多！你給我找麻煩啊你？你給我滾出去！」

「我是在幫妳啊。」

「你是在搗蛋。」

「我比妳會做菜。」

「最好是！」

他們可以這樣嘮嘮叨叨互相嫌棄，又彼此餵食、品嘗水果、滿嘴抱怨或稱讚彼此挑揀蔬菜水果的眼力，耗上幾個小時。

那個時候，日子那麼熱鬧。但現在，買菜、做飯、吃飯，就剩下我媽一個。

那瞬間，站在屋裡，環顧空虛，我忽然覺得，阻止媽媽交男朋友、尋覓對象、再婚，是一件非常殘酷的事情。

我和我妹都離開原點很久了，沒道理她必須永遠停留在那裡。

我心裡也許不贊同，但行動上，我可以支持她，至少，不應該總是反對她。

是，她未必能找到一個像爸爸那樣的人，但應該要有嘗試的權利。

即使找不到也沒關係。她還是我媽，這件事不會變。

我想，如果老爸地下有知，或許也會贊成我放手。

我覺得，他會說：「如果妳媽眞能找到下一個，那也不壞。」

我覺得，他會說：「過得好才是最要緊的，活著要快樂，不要委屈自己。」

我覺得，他會說：「妳要放她自由，也放自己自由。」

我覺得，他會說：「不用特別爲我保留什麼位置，心裡記得就足夠了。」

甚至有可能，我覺得我爸會說：「忘記我也沒關係。」

隨著年歲漸長，我漸漸覺得，自己彷彿更靠近父親了一些。那些「覺得」並非憑空臆測。我深信，爸就是會這麼說、這麼做的人。

從那天開始我就變了。談不上雙手贊成，但也不再蠻橫反對。沒有規矩不能成方圓，關於老媽的異性交友，我是有一些策略的。

1. 別管太多，但也不能完全不管。
2. 效法大禹治水，以疏通為原則。
3. 盡量不要否定老媽的行為，尊重她。
4. 如果她做得太超過，勸她。
5. 如果還超過，警告她！
6. 如果做得更超過，打昏她。

迄今為止，我還沒有用到第六條策略。不過很多時候，我都在第五與第六之間搖擺不定。

我媽是那種只有三分顏色也能立刻開出一大片染坊的人，她一發現我不再拘束和禁止她，就歡樂地把以前只敢地下化進行的事情，全都搬上檯面。

而我基本上是用一種「家有無知少女」的父母心情在面對她的種種行為。

有句老話說：「不教而戰為之誅」，意思是說，不經教育就把人推上戰場，等於殺了對方。於是我決定在放任她在網路上橫行之前，事前告誡。

我語重心長地說：「媽，網路交友不是不行，但外頭壞人很多，尤其是網路上三教九流什麼人都有。這個世界沒幾個像老爸那樣的人，妳不要太相信別人。一定要小心再小心。最好的方式是，不管妳做什麼事，都得跟我報告。」

我媽嗤之以鼻，「哎呀，妳管那麼多幹嘛？我又不是小孩子了，自己會看著辦。」

這話聽起來怎麼這麼危險？我立馬就焦慮了！「我就得管這麼多！要不然妳把自己賣了怎麼辦？」

「不會啦，我都能自己買房子了，還不會交朋友嗎？」這話牛頭不接馬尾，完全風馬牛不相及，但我媽張口就來，說得理直氣壯，說完還狠白了我一眼。眼神非常清楚，充滿了青春期少女的桀驁不馴和叛逆狠勁。

好話歹話我媽一概不聽，她向來只遵循自己的意志行動。做爲旁觀者、輔導員，我只能提心吊膽地看著她的發展。

一剛開始，她主要是在交友網站的本國區內打轉，認識的都是臺灣人。每次去她那裡吃飯，都聽她講一些網友的事。再過不久，她就決定出門去見人。

第一次聽說她要見網友，我比她還緊張，耳提面命，嘮叨了一整個下午。我說：「見面可以，但別去什麼不好的地方，不要吃人家給的食物或水，最好在公衆場合、人多的地方見面。我看，妳們找個餐廳吃飯好了！別去唱歌、別去看MTV，那種黑黑暗暗的小包廂都很危險，萬一出了什麼事情，叫天天不應。妳別帶太多錢出門，財不露白，知道嗎？不要告訴別人我們家的詳細狀況，尤其別說妳的經濟狀況！免得讓人起覬覦之心。妳幾點出去？幾點會回來？妳回來會跟我講一聲吧？妳會打電話給我吧？妳把對方的聯絡方式先寫給我！爲什麼不能寫？什麼隱私？誰隱私？我是妳女兒，我當然要知道！妳在我面前哪來的隱私？如果妳到了時間沒回來，我才能報警！我告訴妳，隨時隨地都要開著手機，我會打電話給妳詢問情況的！妳要覺得有什麼不對，也立刻打電話給我。對了，我們要不要商量一個暗號？妳知道，見網友通常要給自己找個退路。假使對方很不好，妳一秒鐘都不想跟他多待，可以傳個簡訊給我，我就打電話給妳，裝做很急很急的樣子，給妳找個藉口脫身……話說回來，妳眞的不要我陪嗎？我可以在旁邊當路人甲，我就看看，不說話。」

在此之前，我都不知道自己有隨時隨地變身成嘮叨狂魔的潛能。在此之後，我就知道人是沒有極限的生物。

而老媽則不出意外地擺出一副青春期少女忍受嘮叨父母的樣子。

「哎呀，妳別管那麼多啦！我怎麼會不懂呢？」她皺著眉頭說：「妳不要打電話給我查勤，也別問那麼多事，我有我的自由，妳懂不懂？放心好了，我會自己保護自己，不需要什麼暗號！話說回來……」她用疑惑和排斥的目光瞪了我一眼：「妳這個人，怎麼總是杞人憂天?我人都還沒見到，妳就在做最壞打算，想著怎樣找藉口脫身!妳這種個性，太油滑、太賊了，不講誠信。交朋友不能這樣!」

對對對，都我錯。我賊我賊，我最賊!我仰頭向天吐出一口氣!自暴自棄地想著，這一定是上天的詛咒。我，一個自由自在的單身女，竟然淪落到得對老媽耳提面命提點網路交友須謹慎的地步，還被嫌棄，我是做錯了什麼?

但無論她如何排斥，有件事情我是一定非說不可。

我謹慎地問：「媽，妳知道網路交友和現實中認識朋友的差距吧?」

她一頭霧水地反問：「有什麼差距?」

「就是啊……」我想了想，小心翼翼地措詞。「現實中我們交朋友，當面認識、當面說話，沒有幻想，一切都是眼見爲實。」我說：「但網路不一樣。網路上認識人，透過文字、透過聲音、透過一點點不切實際的影像，是很虛幻的。在網路上，造假很容易，所以見了面也很容易幻滅。」

我媽毫不在意，輕鬆地說：「哎呀，就是說見光死嘛!我知道我知道，沒關係的，我心裡有數，要是看不順眼，那就不來往，以後不見面就是了。」

「……喜歡和不喜歡不是單方面的感受，妳看不順眼別人，對方也可能看不上妳啊。」我說：「媽，妳要記住，不要把網路上的印象帶到現實生活中。無論你們在網路上談得多好，見面之後都有可能崩盤。如果對方不喜歡妳、討厭妳，妳千萬不要放在心上，那是很正常的。」

我媽說：「怎麼會呢？我這麼好相處的人，誰會討厭我？」語氣非常理直氣壯，非常理所當然。她瞄了我一眼，說：「我才不像妳，心裡彎彎繞繞的，一肚子歪七扭八，我這個人，有話直說，坦率真誠，最好相處了！」

如果她不是我媽，我真想暴揍她！

「好，妳心裡有數就好。」我一面深呼吸，一面盡量保持平和，「我就是多嘴說一句，畢竟妳不了解網路。」

她第一次與網友見面的那天，我整天胃痛，無心工作，眼睛一直瞟著手機，總覺得它在響，還覺得它壞了，怎麼一聲不響？心裡翻來覆去都是一些不好的社會新聞，什麼大卸八塊啦、山中棄屍啦、先姦後殺啦、洗劫啦、綁架勒索啦……越想越焦慮。

最後我還是打了一通電話過去，用若無其事的態度，淡淡地問：「妳在哪裡？在幹什麼？還不回家嗎？妳會回家吧？那妳什麼時候回家？現在？一個小時後？早點回家不好嗎？對了，那個人到底怎麼樣？他現在做什麼工作？你們都在說些什麼？他是好人還是騙子？妳是不是見光死了？妳是不是忘記了我們說的，如果對方不好，妳可以傳簡訊給我，製造脫身的藉口。」

電話那頭有點吵鬧，看來是某個美食街或賣場，這讓我安心不少。對於我的詢問，媽的反應極其平靜。她惜字如金，比我更淡然地說：「妳、管、得、太、多、了，再、見。」然後把電話掛掉。

可惡！以為我很喜歡這樣嗎？我都覺得自己老了。

但凡事都是習慣。次數多了之後，見網友這件事，逐漸變成了一種常態。因為沒鬧出什麼亂子，我漸漸放下心來，覺得老媽也有一套自己應對進退的方法，可能不像我們這樣先進，但畢竟是能夠應付問題的人。

而且我發現，網路交友對媽而言，帶來的大多是正向的刺激——她開始跨出有限的生活圈，擴大認識外面的世界了。

改變來得非常快，她對這個世界的看法迅速變化。有次吃飯，她對我感慨萬千地說：「我發現啊，這個世界上的男人，像妳爸那樣的，真沒幾個。」

我嗆了一下。這種事情她現在才發現嗎？但這種時候如果反脣相譏，她就不會再把話說下去了。

於是我引導式地問：「譬如說？」

媽說：「妳爸這個人，家境不好，窮是窮，但是為人是慷慨的。他對自己很苛，但在外頭對人、在家裡對我們都很好，做人不小氣，在金錢上面，省歸省，但不會過度。」

我問：「怎麼突然講起這個？」

我媽來了興致，說：「先前認識一個網友，中午約在臺北車站見面，肚子餓了，就去樓上的美食區吃飯。我們找了一間麵店，一份牛肉麵套餐兩百多，再各點一杯飲料……到付帳的時候，他發現自己沒帶夠錢，有點慌。我看他那樣就說沒關係，這點小錢我來付吧。吃過飯，我還問他有沒有錢搭車回家？給了他五百塊讓他坐車。」

「然後呢？」

「然後第二次見面，也是吃飯。吃完飯後帳單上來，他就坐在那邊，一動不動，嘴裡閒聊，但眼睛都不往帳單的方向看。」媽說：「後來我懂了，他是知道我有帶錢，也會掏錢付帳，等著我給錢呢！」

我問：「那他有還妳先前的欠款嗎？」

我媽說：「當然沒有啦！」

我生氣了：「妳怎麼不問他要？」

媽回答得很豪爽。「算了，幾百塊錢不算什麼，說起來，我不在乎。但妳看，幾百塊錢就能看出一個人的品行。這個世界上，就有這樣貪小便宜的傢伙！這種人連朋友都不能做。」

我很困惑，說：「這人是不是很窮啊？」

「不窮，公家單位退休下來的，家境不錯，說有兩棟房子，還有一塊地，一天得花上半天收拾他的地，種水果種蔬菜什麼的。」我媽說：「成天在網路上炫耀那些收成的水果蔬菜，但我們見了面，他卻不肯拿出一點送人。我原來以爲他是害羞、不好意思，覺得拿不出手，於是聊天的時候主動問他。但他各種推拖，一會兒說不到收穫的時候，一會兒又說路太遠，帶上來不新鮮。是能多不新鮮？就從桃園到臺北一趟車的距離！我跟你說，這種人說好聽點是節省，說難聽了，就是摳門。花別人的錢不心疼，花自己的錢就肉痛。也不是沒有錢，就是處處捨不得。妳要記住啊，這種喜歡占人便宜的人，心胸太窄，太自私，不懂得禮尚往來，捨不得對人好，就算做了朋友，也不會長久。我才不委屈自己跟這種守財奴相處呢！」

我一聽這話，趕緊大力稱讚：「媽，妳說得太對了！妳的想法是正確的。妳怎麼這麼聰明啊？我以爲妳很笨呢，但現在看起來，妳不傻啊。」

一聽稱讚，我媽得意了，說：「我當然不傻啦！是妳老看扁我。」

我說：「但我覺得，妳還是該跟他把錢要回來。幾百塊是不多，但就不應該讓他覺得，妳很好欺負、是顆軟柿子。我覺得這種人，就得給他一點教訓。讓他知道，他那點破心思，誰都看得一清二楚。」

我媽反對，「妳啊，就是什麼都算得太清楚了。我跟妳說，有些人、有些事，模模糊糊的反而比較好，我跟他要錢，我反而小家子氣了。」

我懂了。「媽，妳不好意思跟人家討債。」

我媽一聽，立馬跳起來，「才不呢，我只是不願意撕破臉。這個人，我是不會再跟他見面了，沒有發展下去的可能，那點小錢我就當投石問路了。唉，我跟妳說，很多事情不能算得很清楚，斤斤計較，沒有意義。」

我一驚：「他還想跟妳再發展下去？」

「吃免費的，誰不想？他後來又主動找我幾次，還約我上餐廳吃飯呢！但我都推了，後來乾脆把他拉進黑名單裡。我又不傻，又不是天生的提款機！我看啊，他是把我當笨蛋呢！」

因爲我沒有批評她，必要的時候還稱讚她，老媽逐漸把藏著掖著的許多交友經驗開誠布公，與我分享。

我得說啊，雖然早就知道中老年人的世界與年輕人相差很多，但差異這麼大，還是令人嚇一跳。

就這麼說吧，年輕人談感情，講的是愛，銀髮族談感情，講的通常是錢與條件。感情對他們來說也不是不重要，但不像年輕時那樣重要了。但錢很重要，非常重要，必須攤開來說清楚，一分一毫都不能馬虎。很多時候，他們在找的似乎不是一個「我愛的人」，而是一個「能夠相處的人」。

我以前覺得能夠相處是一種緣分，經過我媽之後才發現，有效率的相處，就是開誠布公把每一件事情講清楚：我期望你能做什麼、我能做什麼……兩個人把條件開出來，互相比較、衡量，有些事情可以互相退讓，談到最後，達成共識，那麼相處起來就不會太難過。

即使標準降低，但要找個好對象，仍然有難度。我覺得，我媽認識的那些男人，都是些「老」男人。這個「老」，不是年紀，而是心態。而心態，嚴重影響外表。

不管年輕的時候他們是多麼風光的型男，但老是無法逆轉的。到了六、七十歲左右，年紀長了、行動力下降，老了、胖了，肌肉都成了脂肪，緊繃的臉皮塌下來了……要好看，本身就很難。但更糟的是心態惡化，讓一切雪上加霜。

有一種老男人，我把他歸類爲「廢人型」。對不起，這形容詞很殘酷，但我想不出什麼比這個更好的說法。

這種人數量很大、很多，可能分布在各種職業類別中。他們有一個共通的特點，就是老婆走了，不管是離婚或死別，都走得不久。而長久以來，他們是所謂男主外的那種人，在外頭打拚奮鬥，對家裡的事情一無所知。他們不懂得整理自己，可能全靠老婆照料，失去了賢妻良母的支持，他們就有點傻了，這種傻會清楚表現在外表上。你說他眞的邋遢嘛，倒也未必，他的衣服每一件都不差，但都不會打理，衣服永遠是皺的，彷彿從衣櫃的某個角落臨時抽出來的，東拼西湊，頭髮亂蓬蓬、鬍子拉雜、身材迅速走樣，他一定整理過了自己，但缺乏平衡的美感。

這種人一坐下來，就顯現出一種與這個世界格格不入的矛盾感。他會經常三不五時流露出對另一半的思念，但那種思念不是「她對我眞好，我捨不得她」，而是「家裡沒有個女人眞是不行，唉，我眞的不知道該拿生活怎麼辦」。

跟這種人說話其實很危險，因爲很多事情他未必說眞話，他只是想趕緊拉一個「替死鬼」回來，塡補空缺的另一半。

要是運氣不好，這人經濟狀況還不錯，那種「老子有錢，不缺這點，妳碰上我是妳走運，快跪下來謝恩」的心態就更明顯了。

我媽認識的一個對象，明顯就是此類中人。

這人多年來旅居海外，累積了一些家產，妻子死去之後，他回到臺灣，發現生活完全變調。這麼多年來，老婆一直在家裡幫他打點，讓他無後顧之憂。他用悲傷的口氣跟我媽敘述亡妻是多麼賢慧，「……不管我什麼時候回家，永遠給我做熱飯吃！衣服都燙得平平整整的，連內褲都燙了，一樣一樣收好。我洗澡的時候，她把換洗衣服放在浴室的平臺上。每天早上我起床，她就給我打點好今天要穿的衣裳。她知道我最喜歡哪件衣服，也知道怎麼配色，她還知道我那天要做什麼、得穿什麼，從來不會弄錯。她知道我的口味，也知道我的喜好。她在的時候，家裡那麼大的房子，總是乾乾淨淨的，院子裡的草長得好啊，綠油油的，還養了好多花。後來沒有她，我簡直活在地獄裡，天都塌了，每天不知道該怎麼張羅吃穿，連襪子都找不到，更別說屋子了，又髒又亂，唉，看了都難受……」

我媽是一個很有自知之明的人，一聽這話，她就說：「哎呀，你老婆這麼周到，把你照顧得這麼好，我可能做不到。」

對方立馬退而求其次，說：「當然啦，做不到沒有關係，我老婆就是那樣的人，每個人情況不同，這我也理解。以前我們在國外的時候，手上有錢，家裡還請了傭人，做什麼都容易些。現在回到臺灣，畢竟不如從前。我年紀也大了，吃穿住什麼的，不像以前那樣講究了。」他說：「我覺得，住得大，不如住得舒服。如果我們在一起，別買大房子了。妳不是住一個兩房的公寓嗎？我覺得那樣就很好，很簡單、很好整理。」

我媽問：「你是想要跟我住？」

他說：「是啊，我的小孩都在國外，他們是不會回來了。我手上雖然有錢，但在這裡置產，沒有意義。我想，我就跟妳住吧，妳怎麼過日子，我就怎麼過日子。」

我一聽老媽轉述到這裡，立刻跳起來，「什麼叫做妳怎麼過，他怎麼過？他是在找第二春還是打算搬來當室友？」

我媽說：「別急，我還沒說完，妳繼續聽下去。他還跟我說，他不會讓我吃虧，絕不能白住我的，他一定會付我房租。吃飯什麼的，他不挑，我做什麼他吃什麼，一天總得有個兩餐吧，他說他早上會出去運動，在外頭吃早餐，中午回來，吃得簡單一點，三菜一湯，晚上稍微好一點，四菜一湯。他喜歡吃家常菜，不喜歡外食。他還說，一個人吃飯、兩個人吃飯，分量上差不了多少，多煮杯米就夠了，不會麻煩。」

我有種七竅生煙的感覺。「麻煩不麻煩，他說了算嗎？」

我媽按著我的手，制止我的激動，說：「我還沒說完！他還說，一個人洗衣服，兩個人洗衣服，也都差不多，我平常自己怎麼整理衣服，就給他怎麼整理。我平日怎麼打掃屋子，他就跟著過，用不著天天整理，差不多就得了。」

我都快被逼笑了，「照他這麼說，他還眞好養，就是一棵草一點露的事。」我問：「那他有沒有說每個月要出多少錢給妳當房租啊？」

「有啊，他說臺灣物價不高，他吃得也不多，一個月一萬二、一萬三，也就夠了。」

我又跳起來，口不擇言，「怎麼有這麼機掰的人啊？他去外頭租個兩房的電梯大樓，開價一萬三，搞不好被房東請出去！還供餐，還幫洗衣服，還給打掃？這人是得多有病才能說這些話？他有沒有生活概念啊？」

我媽一點也不生氣，說：「這種人還不少，習慣就好。」

我吼叫，「是我就叫他滾！」

我媽說：「唉，妳不明白，他並不覺得自己有哪裡有錯，相反的，他還覺得自己很慷慨很大方呢。他說，這年頭，像他這樣能夠把每一件事情都能說得清清楚楚的人，不多了。他還說，他兒子、女兒都不反對他的想法。」

「妳要是還會見到他，幫我問問這個奇葩，我同樣出一萬三，不，我出一萬五，叫他找一個臺北地區電梯大樓的兩房屋子，供餐、供洗衣、供打掃。他要能找到，妳也不用跟他過了，我租那個房子把妳送去養老。」我氣得要抽筋，說：「滿大街都是神經病，這人最瘋！他兒子女兒當然不反對，要是能找到一個同樣的地方把妳安置起來，我也不反對。妳不會眞打算跟這人繼續走下去吧？是的話，我得把妳另外一隻腿打斷了。妳是要找對象沒錯，但不能病急亂投醫啊！」

「妳傻啊，我才不會跟這人過！」我媽說：「我很有分寸的。我知道什麼可以，什麼不行。這種人，我連談都不想談下去。後來我就不理他了，他找了我幾次，大概知道自己說得過分了，就傳訊息跟我說，錢的事情可以慢慢商量，他漲一點也沒關係，他兒子願意出錢。」

「讓他出錢去住養老院！」我說：「這人沒藥救了。」

但說穿了，抱持這種心態的人很多很多，事實上，不只抱持這種心態的老男人很多，抱持同樣心態的子女也很多。

先前在我反對老媽再婚的階段，有個鄰居阿姨就跟我說過關於這方面的事。那時候我挺堅持，我說，媽媽不需要再婚，老爸留了點錢給她，還留了房子，再加上我媽謹愼投資，她的經濟雖然談不上富裕，但至少一個人生活無虞，甚至稍微奢侈一點點的消費，和朋友吃飯逛街，一年出去日本玩個一、兩次，應該還是可以的。這樣的生活，多麼悠哉，何必和另外一個人栓在一起過？

阿姨用「妳傻啊」的眼神看我，語重心長地說：「妳年紀還輕，還不懂，人到晚年，得要有一個相依相靠的伴養老送終，彼此照應，有個依靠。年輕人是靠不住的，必須要找個年紀相當的人才行。妳要給她找個身體健康的，最好年紀輕一點的，這樣妳媽晚年有靠，妳和妹妹也才能放心。」

我覺得她這些話漏洞百出。試想，我媽這個年紀，眼看就要六十，要是想找個伴，年齡大概也與她相差不多，甚至更年長的。比她年輕的男人會選擇我媽這個銀髮老太太嗎？但是把兩個六、七十歲老人湊在一起，談什麼彼此照應？這哪裡是晚年有靠，根本是社會悲劇吧！

但這個阿姨的心態，如今看來，又真實、又清楚。之後我在很多老男人和他們子女身上清楚可見。

老人經常把「再婚」「作伴」「晚年有靠」這些字掛在嘴邊，但其實真正想要找的未必是共同生活的一個伴，而是傭人、廚娘、保母、居家看護和特別護士。

至於子女，更多時候，在贊成的前提之下，他們更在意的是，誰來照顧？

而且凡是牽扯到子女，再簡單的事情都會變得非常複雜。老人的意願如何未必是重點，重點是，錢、錢、錢、錢、錢。

這時候的錢未必是誰出多少、誰負擔多少，而是財產和利益的問題。

曾經有一個老先生，跟我媽相處得特別好，兩人經常見面吃飯，有段時間，我媽開口閉口都在講他。後來我見到他，發現這人和先前那些傢伙都不一樣。他是個個性開朗的老先生，年紀雖然大一點，七十多歲了，但身體很健康，喜歡運動，跟我媽很有話聊。他的太太過世很多年了，早習慣一個人過日子。他是個有條理的人，把日子過得像模像樣。

按照我媽的說法就是：「這是一個懂得生活情趣的人。」

我覺得，這樣的兩個人相處起來，不會難過，挺好的。

但後來我們碰上了他的兒子，事情就不好了起來。

我永遠記得第一次見面，我們兩家約了吃飯，餐廳是老先生挑的，很安靜，也有點高級。我媽這個人不太適合這種必須「端起來」的場合，又想要給對方子女一個好印象，於是表現得格外笨拙彆扭。

人只要想掩飾缺陷，缺點就更放大了。

我清楚看見，對方臉上那種輕蔑的神色。這人年紀與我相差不多，但不知道爲什麼，說話動作總流露出一種淡淡的優越感，看人的眼神，跟初見媳婦的有錢婆婆一樣，上上下下地掃視，彷彿要估算出個人價值一樣。

我們雙方坐定，點了餐，還沒開口寒暄，他就單刀直入地切入主題了。他說：「我覺得妳應該知道，我家裡的錢是我在管，我爸爸身上什麼錢都沒有。他如果要跟妳媽在一起，我不反對。他跟妳們住，我也沒意見，但妳們是不可能從他身上拿到一毛錢好處的。」

我是第一次碰到這種人，也是第一次碰到這種比八點檔連續劇還荒唐的劇情，問題是它還不是連續劇，它是現實。我這個人有點笨，碰到出乎意料的意外時，經常就腦子當機，接下來即使重新運轉，也不太可能像先前那樣好整以暇了。

當時我年紀尚輕，脾氣不太好，受不了氣，更不能隨便生氣。只要一生氣，那些後天的修養、禮貌什麼的，就掩飾不住炸裂的本性。有瞬間很想效法古老廣告的橋段，拿桌上的水潑他一臉，或直接啐他一口，但我覺得凡事只要動手，就輸了。

我盡量平靜地說：「這眞是一個問題，怎麼辦呢？我們家的狀況正相反。家母身上有四間不動產，還有點錢，談不上多，但都歸她管，我是一毛錢都不用她的。這樣說來，你把你爸推給我媽，是想從我家得到什麼好處嗎？」

他說：「我是說認眞的。」

我說：「你憑什麼覺得我是在開玩笑？」

子女一坐下來就把話談成這樣，後面當然沒戲了。我媽後來有時想起這個阿伯，還很感嘆，說：「他人眞的不錯，就是兒子不太好搞。不知道爲什麼，總覺得外頭的女人對他爸不懷好意。他說，他兒子很有出息，錢賺了不少，覺得他這個當爹的人不懂世事，容易被人騙……我們那時談得很好，但他兒子反對，他這個當爸爸的也就不能堅持了。」

我說：「算了吧，叫那老頭少往臉上貼金了。我瞎了嗎？我是看不見嗎？他兒子人是個孬貨。妳看他那樣防東防西，吃個飯跟包青天審賊一樣，講的都是些不著邊際的話，說什麼我爸沒錢啊、妳不會拿到好處的，講這些做什麼？有種就白紙黑字大家來簽約啊！誰出多少、誰收多少，事先分清楚，省得事後東拉西扯牽拖不清。但他敢講嗎？不敢。他就只敢說那些諷刺人的話，東刮妳一下、西刮妳一下，小鼻子小眼睛，沒氣度！不是一個能成大事的人。」

講到這裡我就生氣了，說：「媽，爲什麼啊？爲什麼妳老是碰上這樣的人？不是老人沒氣度，就是年輕人沒氣度。一個比一個心眼狹窄，怕東怕西，好像自己家財萬貫，各個都是王永慶或郭台銘，人人看了眼紅，都想削他們一塊肉。神經病，其實根本不是這麼一回事！錢越少的人，心胸越狹隘，把那點小錢看得比天還大，看誰都拿錢衡量人，還以爲自己是唐僧，別人都是妖怪。我覺得跟這種人同桌吃飯，我的命都氣短了三天。算了，找第二春什麼的，太複雜了，我現在懂了，這不是兩個人的事，是兩家人的事。妳看我們家，幾乎沒有什麼親戚，就算有，也不是那種會指手畫腳，橫加干涉的人。我們都說妳覺得好就好，但妳看看，其他人可不是這樣，當事者覺得好不好不重要，重要的是旁邊的人覺得好不好。媽，妳跟對方再好，也伺候不了這群親戚。」

我媽聽了這話很是一愣，想了很久，最後吐出一個結果來。「我覺得，問題出在他們都是臺灣人。」

「這跟哪裡人沒有關係！」我說。

「有關係。」我媽說：「臺灣人的個性就是辛苦一輩子，財留子孫。老人家的錢不是自己的錢，都給兒孫們管著。所以他們捨不得花、捨不得用，子女也都盯著看著，等著接收。這樣的狀況下談錢，心眼就多了。他們放不開啊。」

對於這個結論，我是半信半疑的，但我不想在這種事情上跟我媽爭辯，我說：「那妳想怎麼辦？要不，還是收了吧。我覺得，碰到好人就做做朋友也很好，談婚論嫁找第二春什麼的，太儀式性了，很麻煩。要是單純當個朋友，就沒那麼多拉拉雜雜牽扯不清的問題了。」

「不行！」在這件事情上，家母異乎尋常地堅持。「當然不行。交往的最後必須得結婚。單純朋友和交往，完全是兩回事。這要分清楚才行。」

關於我媽的感情觀，她眞不是傳統、保守，但有些事情是牽涉到價値方面的問題，她很在乎，也不可能改。

譬如說，她覺得男女相處得好了，沒有同居，必須結婚。同居都是假的，結婚才是眞的。同居是可以說拆就拆、說散就散的，彼此不必負擔責任。結婚雖然也可以說拆就拆、說散就散，但畢竟有法律保護。女孩子——不管多大年紀了，哪怕六十歲的歐巴桑，也是個女孩子——絕不能在這種事情上退讓。

我說：「妳這樣堅持，那就麻煩了啊。」

我媽說：「沒關係，我再往外發展看看。」

事實證明很多時候我就是想得太少。譬如「往外發展」這四個字，當時我眞沒多想，我以爲她的意思是她會再找、再尋覓，殊不知我媽的意思是，她要跨越地域和人種的限制，前進海外！

我有說過我媽是個說到做到的人嗎？如果沒有，現在知道也不晚。

下一次我去她那邊「省親」的時候，就發現我媽展開了海外第二春的大冒險。

因爲海外人士很難見面，她要求我裝一只網路攝影機，讓她能夠在使用語音聊天的同時，看得見對方。

我就不詳細說明在使用攝影機上面，她又給我找了多少麻煩了。

但因爲攝影機的出現，她的人生又進階了一大層。

電視裡那些銀髮女演員，譬如我媽摯愛的歸亞蕾，每次在螢幕中出現，總是精心修飾、優雅漂亮，舉手投足之間自有一番風韻，即使年長，也氣質過人。但我媽是活在眞實世界裡的人。

家母穿衣服不是沒品味，是她的品味很異於常人。她有一種好像來不及經歷年老，直接從年輕進入銀髮的矛盾感，也就是說，年紀越大，穿衣服打扮什麼的越年輕化。

她喜歡翻我妹的衣服穿，細肩帶、小短裙，什麼都能接受。

她還喜歡一些彰顯自己性格的色彩，不是大紅大紫的正色，就是螢光色或粉色。她還喜歡一些張狂的設計，譬如豹紋、低胸，一看到那種衣服，就兩眼發光地衝過去。

我爲此說到嘴破，但我媽完全不聽。我勸她要節制，懂得收斂。我說：「媽，妳已經不是十六歲少女啦！這些衣服穿在年輕女孩身上，那是青春無敵，穿在妳身上，這叫什麼？虎姑婆！老妖怪！」

我媽向來對我的意見嗤之以鼻，她說：「妳才沒有審美觀呢！看看妳，每天都穿一樣的，冬天高領夏天牛仔褲，妳連化妝都不會！美是什麼，妳懂個屁啊，還敢說我不懂。」

我立刻生氣，說：「我穿這樣有什麼不對？我在文化研究單位上班，整天泡在甲骨文和字典堆裡，不穿這樣，難道穿套裝晚禮服嗎？我們的工作不需要化妝，我身邊的人也這樣穿，並沒有人說什麼不好。但妳穿這樣，很傷眼睛啊！」我嘴巴很壞地說：「妳的胸都垂下去了，還成天穿什麼低胸的衣服，露給誰看？妳根本挺不起來！」

我媽說：「放屁！誰說挺不起來？外頭賣的內衣一紮起來，就腰是腰、屁股是屁股了。妳、妳、妳少給我說酸話，妳等著，看我穿不穿得起來。」

幾天以後，有天我登入通訊軟體，忽然發現好友列表上，我媽名字旁邊的照片換了。還記得我說過的嗎？爲了上網，她取了一個花名叫螺絲，還特地要我找了一張大紅色的玫瑰花當頭像，以表示她的熱情如火。

這張照片用了很長一段時間，如今卻換了。

我點開她的頭像，放大照片仔細辨認了一會兒，看清楚的瞬間，眞有種五雷轟頂，直劈腦門的震撼感。

那是一個沒有美顏功能、無法瘦臉美白 App 的時代，我媽用網路攝影機，給自己拍了一張自拍照。

照片裡，她穿著一件看起來曾經是我妹的豹紋上衣，但衣服似乎改了，原本是平胸的，現在卻是低胸了，還開得很低很低很低。老媽的胸部忽然大了很多，一副波濤洶湧的樣子，露得恰到好處。而那件衣服上頭多了許多以前未曾有過的細節，譬如說，沿著衣領的線條，多了一圈黑白相間的毛毛，顯得線條若隱若現。這圈毛毛是從哪裡來的？我一頭霧水。

更令我一頭霧水的是我媽的髮型。她以前經常把那頭乾巴巴枯散的白髮，用橡皮筋紮起來，但這會兒全放了下來。白髮不見了，全染了，還染了好幾個顏色，也燙了，燙成大波浪的造型，襯著那頭大波浪的，是一對我從沒見過的超級大耳環，鑲了水鑽，bling bling的……她拍照的角度絕對經過精挑細選，脖頸特別纖長，眼神特別有魅力，燈光剛好打在她的臉頰上，光彩柔滑，跟上了一整車的蜜粉一樣。

這人到底是誰啊？這是我媽嗎？她平常在家的那個邋遢樣子都到哪裡去了？那些破衣爛衫呢？那頭鳥窩似的頭髮呢？那副老花眼鏡呢？

她是被駭客了還是被附身了啊！

我下了班立馬衝去她家，開門一看，除了髮色之外，老媽還是那副黃臉婆的樣子，坐在電腦前面看 Yahoo 新聞。

我鬆了一口氣，說：「還好，沒差太多。」

我媽說：「妳怎麼啦？怎麼這樣？慌張什麼？」

我說：「妳是不是換了通訊軟體的頭像？」

我媽說：「對啊，我覺得玫瑰花太普通了，還是放自己的照片好。怎麼，妳看到照片了，覺得怎麼樣啊？」

我說：「誰幫你拍的照片？妳在哪裡拍的？」

媽指了指書桌的位置。「就在這裡啊，我能去哪裡？我自己一個人拍的，怎麼樣，還行吧？」

我怎麼不知道我媽輔修攝影系啊！

我說：「我看妳是用攝影機拍的？」

她說：「對啊！」

我問：「那燈光呢？妳打了光，對不對？」

老媽很得意，一拍大腿說：「哎呀，眞是太辛苦了，一張照片弄了我好久！我把家裡所有燈都找了出來，還跑去大賣場臨時買了兩個。我跟妳說呀，拍照燈光不能完全用白光，看起來太死，但也不能完全用黃光，看起來會走色。我調了白的又調了黃的，有的拉遠有的拉近，後來還找了一塊白板子反射光源，這樣的光線看起來才自然，我試了好幾個小時，好不容易才拍出一張能看的。怎麼樣，不錯吧？」

請收下我的膝蓋，我是服了。

我又問：「那衣服是怎麼回事？妳改了妹妹的衣服？」

她說：「對啊，那件衣服反正她也不穿了，我就拿來改。原來是平胸的，我覺得低胸才好看。我還買了新的內衣，穿起來勒死人了，但是效果很好。果然女人哪！有胸就要敢露，露就是美。」

我不想爲這種「胸大美不美」的概念跟老媽爭吵，於是說：「我記得妹妹那件衣服上面沒有毛毛。那圈毛毛從哪裡來的？拿出來我看看！」

我媽窘了一下，說：「毛毛……沒有了。」

「啊？」

「毛毛不是裝上去的，是黏上去的。」我媽解釋。妳小的時候有一件大外套，帽子邊緣有一圈毛毛，我覺得那很搭，就把它剪了，用雙面膠帶黏在衣服上，但拍完照片毛毛就散了……」

「妳在家裡都在幹什麼啊？搞破壞啊？」我無話可說了。我媽在家，成天搞這些……手工藝，自得其樂，也是一絕了。

「那妳看了照片，有什麼感覺啊？」我媽興高采烈地問：「我那些網友都說我好會打扮！從放上照片開始，就好多人傳訊息來說要跟我聊天，說我漂亮，身材好好！妳覺得怎麼樣？」

我說：「他們覺得好就好，我覺得怎樣，好像不太重要吧？」

老媽在這點上，從來不肯見好就收，她催著我說：「妳說嘛，妳覺得怎麼樣？」

我說：「我覺得有點奇怪。」

媽說：「哪裡奇怪，講清楚點，下次我改進。」

還改進啊？我斟酌詞句地說：「我……我講不出來哪裡奇怪，好像都奇怪。也不是不好看，就覺得假假的，可能是因爲我知道妳平常怎麼樣，所以現在看妳穿這樣，有點不適應。如果要具體比擬，我覺得，妳這樣打扮，看起來有點像是……」我想了一會兒，慢慢地說：「像棵聖誕樹，如果再拉一串小燈泡，就更像夏威夷的聖誕樹女郎了。」

沒有意外，我媽把我轟出去！

不管怎樣，我媽開始在著裝上費盡心思。我有點懂她這是怎麼一回事，女爲悅己者容，她在尋覓對象，自然會在外表上費心。我不擔心她在網路上作怪，但我擔心的是另外一回事。

我媽眞的在認識外國網友。

關於這點，起初我是半信半疑的。我說過，她拿走了我的文法書和妹妹的英語錄音帶，看起來很是讀了一陣，但有一天，她就把書丟開了，跟我說：「讀這些是沒有用的。」

「不讀就不讀了，沒有關係。」我理所當然地把這些話看成是放棄的藉口。

「妳不懂，讀這些是不能讓我英文更好的。」她說：「想要英文進步，就得敢說，我得找人說話才行。」

隨後因爲交友網站的緣故，她眞的認識了外國網友，很快就開始跟人聊起天來。

和所有剛碰觸網路的年輕人一樣，老媽沉迷在網路中不可自拔。

根據我妹的說法是，「晝伏夜出，半夜不睡覺，每天晚上都跟人家聊天到凌晨。姊，有沒有人能來幫忙控制一下歐巴桑的生活作息啊？」

我半信半疑：「她眞的有跟誰聊天嗎？還是在自言自語？」

我妹說：「應該有人對話吧？媽沒那麼瘋啊！她戴著耳機說話，我聽不見對方的聲音，就聽她一個勁地I、I、I、you、you、you，還有呵呵呵、呵呵呵。」

我放心了。

「喔，那樣的溝通方式，談不長久的啦，三分鐘熱度而已。她沒辦法跟人溝通，對方也覺得她聽不懂，很快就會無聊放棄了。」我說：「誰有興致成天跟一個說不通的老女人講話呢？」

但我低估了老媽的毅力，也低估了網路上有萬千網友，其中只要有幾個夠瘋，就能跟我媽聊下去。

曾經，我對我媽的英文程度相當鄙夷。我覺得，她發音不標準，連我聽了都想笑，她把單字說得那樣荒腔走板，怎麼敢拿出去對人家說？

但後來我發現，我媽就是一顆傻膽。她完全不覺得自己講話不標準，也不覺得羞恥。她的理論非常清楚，「我英文當然不好啦，因爲我是講中文的人嘛！我要是英文講得很好，還學什麼英文呢！講不好有什麼好羞恥的，爲什麼要怕外國人笑？外國人跟我講中文，講得不好，我也不會笑他，我還會鼓勵他，給他鼓掌，叫他多練練。在那些外國人眼中，我也是外國人，我敢說就很了不起了，他們才不會笑呢！」

我說：「但妳講什麼，別人聽不懂，會很挫折啊！」

她很豪氣地說：「不會啦，聽不懂很正常呀。我剛開始說得不好，大家都聽不懂，但後來我說好了，他們遲早會聽懂。我也經常聽不懂他們在說什麼啊！我就叫他們放慢一點、重說一遍，慢慢聽就聽懂了，還會越懂越多。」我媽看我一眼，說：「要學東西，就得這樣，不能怕。怕是學不好的。」

那時我完全沒把她的話聽進去，我還跟妹妹笑著打賭，看老媽能撐多久。

半年後，有一天，我媽突然跟我報告，「我的外國朋友說，我的英文已經講得不壞了。他能聽得懂我的話，我也能聽得懂他在說什麼了。」

我哈哈大笑，「眞的啊，哪裡來的朋友？」

我媽說：「我在網路上認識了兩個澳洲朋友，能談得來，不過我們只能做朋友，沒有戲唱。」

我說：「……什麼意思？」

我媽說：「我問他們要不要娶我，他們說不。」

我大驚，差點咬斷自己的舌頭，「……妳問他們什麼?!」

我媽說：「我問他們要不要結婚啊？我想要嫁到澳洲去。」

我重述，「但妳問人家要不要結婚？」

我媽說：「對啊，早點問比較好。」

我說：「……妳認識對方很久了嗎？妳看過人家嗎？妳怎麼敢問這種問題？」

我媽說：「我給他我的照片，他也給我看他的照片。我們聊天的時候，都會透過攝影機看見對方。這種問題有什麼不好問的？當然要問啦，不問，怎麼知道有沒有未來。」

我說：「媽，妳不要開玩笑了。妳跟任何人都問這些嗎？」

「也不是任何人。」我媽說。

我鬆了一口氣。

她接著又說：「我就跟感覺不錯的人問問。」

我倒抽一口氣。

我媽說：「妳別這麼大驚小怪的。這種問題，早問早好。我跟妳說，我都這樣，談個兩次，假使覺得這人不壞，可以發展，我就問他，我想結婚，你要不要娶我？」

我想哭！我心臟都快休克了！

我說：「媽，妳怎麼可以這樣？這麼……不矜持？」

我媽皺著眉頭說：「矜持矜持，你們年輕人才講矜持。矜持值幾毛錢？我們這把年紀，都不知道明天在哪裡，做什麼事情都要快，快快快，快刀斬亂麻，不能浪費時間。」

我說：「但他們都拒絕了妳啦！」

我媽說：「對啊，但他們都說可以陪我繼續練英語對話，聊到我可以跟外國人溝通爲止。」

我說：「你們都聊什麼？」

我媽說：「聊天氣啊，聊食物啊，聊生活啊，聊平常怎麼過日子啊……」

我困惑了。「他們拒絕了妳，妳怎麼還願意跟他們聊天？不會覺得尷尬嗎？」

我媽也覺得我奇怪，說：「怎麼會尷尬呢？被拒絕是很正常的事情，不是我喜歡誰，誰就得喜歡我啊！緣分決定我們能不能交往。我們不能結婚，但可以做朋友啊！妳爲什麼老是在意這種小事。」

我很窘。「我也不知道……」

我媽說：「我覺得乾脆俐落點比較好，不要拖泥帶水、拖拖拉拉。我很喜歡這樣，能不能做朋友、能不能交往，說清楚了，大家都痛快。我最恨那種拖拖拉拉的男人，遮遮掩掩，心裡想什麼，嘴上迂迴曲折，想要不敢說，不想要也不肯承認。我老了，沒那個時間浪費在這種男人身上。妳啊，學著點。我跟妳說，別跟那些猶豫不決的人鬼混，他們都把話說得很好聽，說什麼顧慮家庭啦、顧慮小孩啦、這是大事啊，不能這麼快做決定，說什麼我們再相處一陣，看看情況吧，以後說不定能怎麼樣……以後以後，誰有多少以後？這種人說好聽點就是想得多，說難聽點就是不想負責任。不想負責任也沒關係，不想要就說不想要，但他們又捨不得不要，就想拖著，覺得拖著挺好的，反正怎樣自己都不吃虧。這種人拖時間拖答案拖結果，但都不會說是自己要拖，都把責任往別人身上推，說自己是千肯萬肯的，但得爲別人想想……想個屁！那就是自己不想。」

我都快跪下來了。「媽！您太威武了。」

我媽說：「這種人我看多了。很多男人都這樣，一把年紀了還扭扭捏捏的，好像自己作不了自己的主。我跟外國人說話就不這樣，我怎麼想就怎麼說。好就好，能相處我們就往下相處，相處不來說散就散，也沒關係。但我得把話先說出來，我不是上網打發時間來的，我是爲了結婚來的。不想結婚，那就算了，那就不是我想要找的人。我的目標明確，時間寶貴，浪費不得。」

我問：「可是……妳在趕什麼啊？」

「趕歲月啊！」媽說：「你以爲我只有十八歲？有大把的青春和時光可以揮霍？我都要六十歲了，體力有限、健康有限，再過幾年，我可能就沒有力氣這樣日夜顛倒地聊天，也沒有興致想著要找對象、要再婚了。」媽說：「我得在我還有力氣、還有精神、還有興致的時候，把自己給嫁掉。談戀愛、結婚，都要趕緊，要爭取時間！在我徹底老了之前，我得把這件事情給辦了。」

我說：「媽，妳別急，緣分到了，遲早會是妳的。」

我媽「嗤」了一聲，說：「別跟我說什麼緣分緣分的，你們這些年輕人腦子都不好，自己不去追，老想著緣分到了就什麼都有了。緣分放在那裡，妳不去爭取，過了也就過了。我的緣分快到尾巴了，得抓著緣分的尾巴幹點什麼。不能就這樣老了！」

她這話說得意氣昂揚，但我半信半疑。

最主要一個原因是，我覺得，我媽是在腦補。

她的英文能力眞有那麼好嗎？不，我不相信。我讀了二十年的英文，最後落得只能說 I am fine, thank you. 的結果。做爲一個英文從沒好過的女兒，我唯一聽過力爭上游反敗爲勝的例子是賴世雄，但我媽那樣的人能跟賴老師比嗎？我不相信！我不相信！

但很快我就信了。

幾個月後，有一次我去我媽家吃午飯，飯菜上桌，我們正要開吃，忽然聽見書桌那邊的電腦傳來「叮咚」。我媽湊過去看了一眼，對我說：「我的朋友很久不見，他上線了，我得跟他講兩句，妳先吃。」

我說行，於是關了電視，一邊吃飯，一邊旁聽我媽跟人家對話。

說眞的，在那之前，我都抱持著「看妳能玩出什麼花招來」的看好戲心態，但那天下午我對一切完全改觀了。

他們兩個在講什麼，我完全聽不懂。在我聽來就是一連串呱啦呱啦呱啦呱啦，然後哈哈大笑，又呱啦呱啦呱啦呱啦！就這樣講了半小時，對方下線，我媽回到餐桌上。此時我的態度已經從輕蔑轉而爲敬畏。

我小心翼翼地問：「那是妳朋友啊？」

我媽說：「對啊，住在雪梨。他兩週沒上線了，我一直很擔心他是不是出了什麼事。」

「喔，那他怎麼了呢？」

我媽說：「他說他住院開了個攝護腺手術，原本只住院一個禮拜，所以沒跟我講。但因為術後膀胱發炎，所以發燒，醫院要他多住一個星期，好可憐喔！」

我問：「……那妳跟他說什麼？」

我媽說：「我跟他說，澳洲的醫院制度太不好了。在臺灣，健保規定，開刀之後如果幾個小時沒有排尿，醫院就會裝導尿管。導尿管雖然有點討厭，但排了尿，就不太會發炎了。」

我說：「……妳確定你們是在說這些？」

我媽說：「不然呢？」

我說：「妳是不是在腦補對話啊？妳能不能說一下，攝護腺的英文是什麼？尿管的英文是什麼？健保的英文又是什麼？」

我媽從那之後，英語對話能力就甩開我一百個馬身，一路遙遙領先。

但隨著老媽英語能力突飛猛進，她認識的外國網友更多了。很快地，她就碰上了國際詐騙集團。

10
國際級的感情詐騙

自從老媽點開英語會話技能後，她就一副「我來啦，全世界的銀髮族們」的姿態，擺出摩拳擦掌的模樣，在書桌前面貼了一張世界地圖，對著地圖認識朋友。

說眞的，我眞的很爲世界各地的銀髮族朋友擔心啊！

在網路交友上，我媽的態度非常明確，她是有目的的（爲了再婚）、有時間性的（根據她的說法，最好不要晚過六十歲），因爲目標明確，態度積極，很多事情，我看起來覺得很模糊，但她卻想得很清楚。

譬如說，我媽的世界地圖上，有些區域，她是不會碰的。

因爲昔日旅行印象極佳的緣故，剛開始，她主攻的目標是日本（日本人到底是做錯了什麼？好好招待觀光客也不行嗎？）但很快她就發現，日本人性格排外，老年人的心態更是保守，不適合談再婚，也很難融入環境。

接著，她把目標擴展開來，放到了紐、澳。這兩處地方她也曾跟團旅行過。事實上，那場旅行不只有她，還有我。那是我第一趟出國旅遊，至今印象深刻。

那趟旅行發生在我高一升高二的暑假，我們去紐澳玩了十七天。如今能夠回憶起來的旅行記憶都不完整了，都是些零零星星的片段，內容有好有壞，譬如說：團費好貴、中餐好難吃，菜都一樣、夏季旅行團裡的團員有很多老師很煩，無論講什麼，總是三句話不離考試成績如何、好好讀書之類的狗屁說教……

我還記得澳洲飯店眞的提供免費牛奶，太陽好大好晒、櫻桃好甜好吃、冰淇淋更好吃、路上眞的有羊擋路、車程好遠……

當然還有一些是影像式的記憶，譬如說，天空很藍很藍、很高很遠，沙灘很細，海水清澈，早晨的空氣是乾乾的冷，呵氣成煙……

那是我的第一趟國外旅行，得到了許多第一次的經驗。第一次搭飛機、第一次進外國餐廳、第一次跟外國人講價錢、第一次腳踏實地踩在異國他鄉的土地上，呼吸另外一個世界的空氣。

整趟旅程我都非常興奮，吃吃玩玩，到處亂逛。但興奮歸興奮，人很快就累了。十七天的旅行結束後，非常想家。

我本質上是一個很難在海外生存的臺灣小孩，腦中很少有離開臺灣的念頭，所以當我媽在回程的飛機上，看著窗外喃喃自語說「眞喜歡澳洲，以後想要搬到澳洲來生活」的時候，我只覺得她是在異想天開亂作夢。

當時，我還太年輕，很多事情沒能想得太遠。我還沒辦法把人生和未來想得那麼遠。十六、七歲的我，不知道有些言語即便是衝口而出，一旦化爲言語，就是預兆。

如果我會知道二十年後的人生如何發展，我就不會在那個當口隨便亂說話。

我沒心眼地說：「喔，要有辦法，妳就嫁到澳洲來啊！」

而有些話就是一語成讖。

但在虛無化爲眞實之前，還有一段漫長的路要走。就拿這會兒來說，我媽的目標地圖雖然具體，但也非常分散。她在紐西蘭和澳洲的地圖區域上各畫了一個圈，研究半天後，在法國——尤其是南法——和義大利也畫了個圈，還有相應的西班牙、葡萄牙等歐洲諸國。

那是我媽的主要目標群。

對著畫圈的地圖，我指著北歐區塊沒好氣地說：「那妳怎麼不選丹麥冰島？那裡不好嗎？」

媽很務實，她說：「太冷了，我不喜歡。」

我深深吸氣，「那美國呢？」

我媽說：「太亂了，我也不喜歡。」

我說：「喔，那英國呢？英國不冷也不亂，他們還有女王陛下呢！」

我媽說：「聽說英國天氣不好，一天到晚下雨，太陰鬱了，我不喜歡。」

此話猶在耳際，過不了多久，她就改變了主意。

她在網路上認識了一個英國的服裝設計師，而且談得很好，對方完全認同她再婚的想法，也表示很喜歡她，希望她嫁到英國去。

我得說，在網路交友這條路上，我媽並不是順風順水的。失敗收場的次數多了，她也就不張揚了。但這個設計師卻是例外，我媽大張旗鼓，非常熱情投入，從一開始就用十二萬分的興奮之情向我報告進展。

「我認識了一個英國的服裝設計師！」

我「喔」了一聲，沒有特別反應。

她催促著我到電腦邊看一個網站，「妳看妳看，這是他的網站……」

我瞄了一眼，那是一個英國的禮服網站，做的是禮服設計。但網站品質不太好，很粗糙，只有幾件西裝晚禮服照片和信箱，與看起來像是地址一樣的文字。

我說：「怎麼做得那麼差啊？我做的網站都比他這個像樣。」

老媽聽不得我批評，立刻說：「不差，不差，一點都不差。他說，他都給明星做衣服，那些電影明星走紅毯參加典禮，穿的都是他做的燕尾服，他認識很多明星呢！人家赫赫有名，口碑很好，網站什麼的，差一點也不要緊。」

我問：「喔，你們怎麼認識的？又是交友網站？」

媽說：「他在站內主動聯繫我的！妳看他寫的信，妳看他的英文，寫得好好喔！他好有耐心，寫好長的信給我……」

我誠懇地說：「但我看不懂。」

媽說：「Google 翻譯出來的文字很美，他說我是熱情奔放的熱帶玫瑰。」

我一下沒能忍住，作勢乾嘔了一聲，「噁～」

老媽憤怒地喊了起來，「妳噁什麼？妳噁什麼？」

我誠實地招認：「太噁心了，我的大腦排斥這種說話方式。我說啊，妳覺得正常人會這樣說話嗎？」

我媽說：「英國人嘛，他們不是出了莎士比亞嗎？一定很浪漫。」

「……」我瞬間語塞，憋了半天，才問：「那人幾歲？」

我媽說：「還很年輕呢，四十出頭左右。妳看，這是他傳來的照片，是不是很帥？是不是？」

我就不具體形容我媽說這些話時的神情了，但你可以想像一下，戀愛中的少女的語氣和閃亮的星星眼，與之相差不了多少。

我認真地問：「媽，妳在網路上交朋友，有公開年齡嗎？」

我媽說：「有啊！」

「妳沒有隱藏虛構年紀吧？說的都是真話吧？」

我媽說：「當然啦！這怎麼能騙人呢？」

我想了想，又問：「那這個人是不是眼睛不好？妳得勸他去做個視力檢查。」

家母怒了，指著我的鼻子大吼，「什麼意思啊妳？」

我說：「我就想弄清楚，他到底知不知道妳的年紀？他才四十出頭，妳眼看就要六十歲了，這中間的時間差不只一輪啊！女大男少，這樣好嗎？」

我媽說：「有什麼不好？有什麼不好？姊弟戀最好了。」

我說：「姊弟戀也得有個限制吧？他是不是吃錯藥了，哪裡想不開？網路上這麼多人能選，爲什麼要選妳這朵……年長的熱帶玫瑰？」

我媽憤怒地連名帶姓吼我，「妳說什麼？妳說什麼？」

我試著解釋，「……我只是想說，水往低處流，人往高處爬，他這是何苦呢？」

我媽更怒了，氣呼呼地解釋，「他說，他喜歡年長一點的女性，個性比較成熟。」

這話我會相信才有鬼呢！我拉長嗓音，慢吞吞地說：「成熟？妳嗎？妳不是成熟，妳是過熟了吧？」

我媽眞的憤怒了，她質問我，「妳是不是看我眼紅？」

我說：「大人，冤枉啊！我只是覺得不太可思議了。他得多有勇氣，才願意啃妳這根老藤不嫌嘴痠。妳是不是又找出妹妹那套豹紋衣穿了？我跟妳說，眞不能這樣。妳那個胸部全靠內衣撐出來，全是假的！自娛娛人還好，但拿出來招搖撞騙就是詐欺了。」

我媽指著我的鼻子，「妳給我閉嘴！亞洲女人不顯老，妳懂不懂？他說我看起來很年輕的樣子。」

我說：「但實際上妳就這麼老了啊……還是，其實他不是想要找個伴，他是要找個媽？」

我媽怒上九重天，朝我咆哮，「人家是眞眞實實要跟我談戀愛。他都說了，他喜歡亞洲女人的溫柔體貼，跟我說話很舒服。」

我想了很久，說：「……太奇怪了，妳哪來的溫柔體貼呀？這個是不是詐騙啊？妳有跟他語音通話過嗎？妳看過他本人了嗎？」

老媽停頓片刻，露出猶豫的表情，「只談過一次，用語音，沒用攝影機。他說他的攝影機壞了，沒時間修。不過，他有給我他的照片……妳看，這是他和女兒的合照。他老婆死了三年，癌症走的，這三年來他一直活在悲傷之中，和女兒相依爲命，從來沒有想過要找下一個。但現在碰到我，他改變了主意……英國人眞的很純情耶！」

我怎麼聽著聽著，總覺得哪裡不對勁呢？這種橋段，熟悉得令人覺得有點莫名其妙。一個沉浸在喪妻悲痛中的純情男人，會主動傳訊息認識一個亞洲女人……精確點說，還是一個足以當他媽年紀的亞洲女人？然後被她三、兩句話打消悲痛，覺得她很溫柔，很體貼，願意不顧年紀的差距，也要跟她走一塊？

這詭異又破綻百出的劇情，怎麼那麼像八流的偶像劇呢？

我盡量理智地勸說：「我覺得妳別太認眞看待這件事。媽，妳不懂網路。網路上什麼都有可能是假的。有照片沒錯，但妳怎麼知道那就是他、那就是他女兒呢？妳怎麼知道這些是眞的呢？我覺得，事實遲早會說話。妳別太急，慢慢談，再看看，別被騙了。」

我勸她別急，但她卻比誰都急。她說：「人家為什麼要騙我？為什麼？這些都是他自己說的，有什麼不貞的地方？我有什麼好騙？騙我能得到什麼好處？我看，妳是看我眼紅才這麼說！我知道妳在想什麼，妳就不希望我找到好對象，所以才說這些話，妳就是處心積慮想要破壞我的好姻緣！」

這都什麼跟什麼啊？聽她這麼說，我也動氣了。

我是好好說話、想要勸她冷靜、不要輕信，怎麼被她講起來，我就成了眼紅、搞破壞、挑撥離間的壞人了呢？

我媽在這個時候暴露出了她長期以來的問題，就是離譜的天真。

而且在經歷過幾次相親、見網友不成，還在網路上為人所拒絕後，雖然總是擺出一副「老娘不在乎」的姿態，但心裡多多少少有點受傷。

她急著找一個很好的對象，好向我與跟其他人證明，自己是有行情的。

我也不是傻子，知道此話最好到此為止，別再跟她頂下去。

我說：「媽，我看新聞，最近有些跨國的網路詐騙集團，專門在網路上欺騙那種單身的、高學歷的女性感情，從中詐取金錢。我希望是我想多了，也許這個人真像他說的那樣，喜歡年長女性，覺得妳是朵熱情的玫瑰，因為妳的溫柔體貼改變了主意，想要跟妳多認識、進一步發展。如果是這樣當然很好。但如果……不管任何理由，只要他一跟妳開口借錢，妳就得立刻停止這段關係！」

媽賭氣說：「人家才不會跟我借錢呢！他比我有錢多了。妳看，他有好幾間店！他生意做那麼大，他還給演員設計禮服，妳看，他在倫敦有房子有店面，還在郊區有間鄉間別墅呢！這是他家的照片，這是他別墅的照片……他比我強多了，幹嘛找我借錢？妳這個人就是膽子小，窮擔心，一天到晚怕別人騙妳的錢。妳有幾個錢能給人騙？妳跟那個阻攔爸爸再婚，開口閉口講錢的兒子有什麼差別？我告訴妳，我會跟他走下去的，我們會結婚，然後我會搬到英國去……等我搬到英國去，我就把妳妹帶過去，讓她成爲英國人，把妳留在臺灣！」

在我和我媽的爭論中，妹妹一直坐在旁邊對著電視傻笑，她從來不涉入我們的口角，但這會兒卻被拖下了水。聞言驚慌地叫喊了起來，「什麼？什麼？爲什麼我要去英國？我才不要去！我不要當英國人！我又沒有要求妳帶我去！姊，我不去英國，我要留在臺灣。」

我安慰她：「放心吧妳，妳都快三十歲了，她不能帶走妳的啦！」

我媽恨恨地說：「妳們都這樣唱衰我，等著瞧！等我嫁去英國，妳們就留在臺灣洗碗吧！妳一定會後悔的。」

我白眼向上一翻。回想當初擬定的應對計畫，這是我第一次覺得，要把層級上升到「打昏她」的階段。

老媽在某些時候，跟偶像劇裡傻白甜女主角的智商眞是相差不遠。

但我不能因爲賭氣而放任她啊！我於是再三警告，「只要對方跟妳要錢，就給我立刻停止！敢匯錢，妳就等著被禁治產。我說到做到，不要以爲我不敢！」

沒過多久，妹妹跑來偷偷告密，「媽說那個英國人要來臺灣看她。」

我小小吃驚了。「眞的？她怎麼不跟我說？我都不知道。」

妹妹說：「媽說不要告訴妳，她說，妳對人家有成見，敵意很深。」

我嘴角扭曲。「喔，那我就裝什麼都不知道好了。」

我妹說：「她好幾天都睡不著，還問我那個男的來了，要帶人家去哪裡玩？」

我說：「這讓她傷腦筋吧，咱們不摻和。」

我妹說：「她還問我，五歲小女孩會喜歡什麼禮物？」

我說：「這也留著讓她傷腦筋打發時間吧！」

下一週，我妹又打電話向我報告，「媽媽在家做了一個禮拜的牛排，吃死我了！她還買了一個很貴很貴的大烤箱。」

我說：「靠！她又網路購物嗎？我要折斷她的信用卡！」

我妹說：「她還一直在網路上研究，要做什麼英國傳統布丁……」

我說：「……喔，做得成功嗎？」

我妹說：「難吃死了。那個人到底什麼時候來？我真的不能忍受再吃一天茹毛飲血的鬼牛排了！媽說牛排就要吃三分熟，割開來都是血……我難道沒有別的選擇嗎？」

我問：「媽說他什麼時候來？」

「她說那個人要先去馬來西亞看貨買布，帶他女兒度假，回程的時候，會路過臺灣玩十天。」

我困惑了，「去馬來西亞買布？這話怎麼聽起來怪怪的啊？這不是個國際化時代嗎？設計師還跑去當地買布？倫敦是沒有進口布商嗎？」

我妹嚇了一跳，「所以那個人是騙子嗎？」

我說：「現在不好判斷，我們再看看吧！最近妳多注意老媽一點，如果她要匯錢什麼的，有點風吹草動就立刻通知我。必要時，叫警察！」

約莫一週之後，有一天，我妹突然打電話來，用焦慮的口氣對我說：「姊，妳最好過來看看，媽媽很傷心。」

我說：「怎麼啦？」

「她那個網友來不了了。」

「不來就不來，省得費事。」我說：「我們也都不用煩了。」

「我覺得不只是那樣。」妹妹說：「那個人看來真有問題，老媽好像也知道了，看起來很失落的樣子。妳快點來跟她說說話！」

我跑去老媽那邊，就發現她一副頹喪的樣子，也不玩電腦了，懶懶躺在床上，不說話也不吭聲，抬眼瞪著天花板發呆。

我真的有點擔心了，推著她問：「怎麼啦妳？牛排吃多了，身體不舒服？」

她沒頭沒腦地說：「妳說對了，那個人可能是個詐騙犯。」

她說那個自稱英國設計師的傢伙說要去馬來西亞看布，結束前會順道來臺灣停留一週。但到了預定要出發臺灣的時間，卻突然沒了音訊。

媽非常著急，等了好幾天，寫了很多信給對方，但都沒有下文。

就在她絕望的時候，那人突然連繫她，說在馬來西亞街頭遭到搶劫，護照和錢都被劫匪搶走了。我媽趕緊一通勸慰，又是擔心又是難過。

接著，設計師說，他還是想要來臺灣看我媽，但沒有錢付機票，問我媽可不可以先匯五萬塊給他買機票？等他到了臺灣，立刻還錢給她。

媽睜眼問我，「妳說，我該不該相信他？該不該匯款給他？」

看來，現在確實是到了該打昏她的階段。我嚷了起來，「這位太太，妳腦子是被車撞了嗎？妳覺得他的話合乎邏輯嗎？如果我們倆出國去玩，半路被搶，一無所有了，會怎麼辦？」

我媽說：「報警求救。」

我說：「被救之後，妳還會想繼續旅程，還是回家？」

我媽說：「回家吧，沒興致了。」

我說：「那不就結了？他帶著一個女兒，被搶了以後，居然不是想要回家，而是要跟妳借錢來臺灣看妳？別忘了，他女兒年紀很小，才五歲耶！這話妳覺得合理嗎？」

我媽遲疑地說：「他可能是沒錢回英國？舉目無親？」

我說：「馬來西亞有英國大使館！英國又不是臺灣，去哪裡都沒有邦交！國民在海外出了問題，跟外交單位拜託一下，協助回國，不是很正常嗎？」

我媽沮喪地說：「其實我也是這樣想的，但我真的不希望他是騙子……妳覺不覺得，他有可能是捨不得我，不想讓我擔心，想讓我看他一眼，確認他平安無事？如果是這樣，花個五萬塊買機票給他，也是值得的。」

我毫不留情地提出警告，「妳小心點，妳離被我禁治產，距離不遠了。」

我媽怏怏地說：「難道沒有這種可能嗎？」

我說：「有，但那得多情場浪子才能幹出來這種事啊！十個莎士比亞都寫不出這樣的劇情。媽，我們都不年輕了，有些話真不應該我說。妳自己覺得，有那種可能嗎？」

老媽遲疑了半晌，最後把被子蓋住了臉，含糊地說：「沒有，但是太可惜了，他寫那麼熱情的信，還說他很愛我……」

許多年後我再回頭想起這一段，並不覺得我媽傻。只覺得，當時的她實在太需要被愛和被肯定了。

後來這樣的新聞多了，好多女性都被國際詐騙集團所騙。那種騙術之離譜之毫無章法，周遭的人都看透看破了，還覺得「妳怎麼能這麼傻」的程度，但被害者卻堅持沉迷其中，不願清醒。

她們是眞的沒腦子不清醒？還是抓著那點可能，至少有一個扭轉人生的希望？

這些女孩子都是能力不錯的人，可能書讀得很好（至少比我好啦，國際詐騙集團想騙我根本不可能……我英文破到看不懂熱情洋溢的浪漫情書），但爲什麼在感情上卻這麼傻？不分是非？

每次想到這些女孩的心境，我都覺得很難受。

年紀越大，我越能理解什麼叫做寂寞和脆弱。有時候，那些東西就像怪獸，吃掉理智、吞噬思考，剩下的只有欲望，不是肉體的慾望，而是心理上的，那種「我是被愛的」欲望。

其實，我覺得媽能被這樣騙一次也好，不是說人不癡狂枉少年，而是人活著，到了這把年紀還能這樣單純，完全地相信像愛情這樣虛幻的事物，也是一種幸福。

沒過多久，我看到一則新聞，說有個臺灣女性受了類似的詐騙，她深信對方受困在馬來西亞，於是多次匯款想要幫助網路男友脫困。但無論她匯款多少次，對方總是拿不到，理由千奇百怪，結論都是要她再匯款。

她於是帶著錢去了當地，想要營救男友。千辛萬苦尋覓地址找到了當場，不但沒見到網路上那個人，還被洗劫、被綁架，差點就回不來了。讀到那則新聞的時候，我渾身冷汗直流。

我把新聞拿給老媽看，說：「妳看妳看，妳差點就落入跟她一樣的圈套了！搞不好，那些詐騙集團不只騙妳，還騙了她，還可能騙了很多人……妳沒有匯款，眞是太好了。」

媽把新聞翻來覆去地看了一遍又一遍，抬頭問我，「但是……這怎麼可能呢？」

「怎麼不可能。」

「所以、所以……」她想了很久才問：「所以，眞的沒有那個設計師？」

「應該沒有。」我說：「就算有，也是假造的身分。」

「那先前幾個月，到底是誰在跟我聊天？」

我想了想，說：「聽說有很多國際詐騙集團都來自羅馬尼亞、阿爾巴尼亞之類的地方。」

「什麼？」我媽大驚，「你是說，寫信給我、說我很美、很溫柔漂亮、很喜歡我的那個人，根本不是英國人？」

「媽，別太深究了，」我說：「很多時候，人生就是謊言，算了，算了。這次事情過去就算了，好在妳也不算損失。網路上太複雜了，如果妳很難判斷，不如收手。」

「收手？那可不行！」我媽跳了起來，「可惡，都是那群騙子不好，騙我浪費了那麼多時間！我又白費了幾個月在他身上。太可惜了。得趕快找下一個。要不然，我就眞要過六十歲了。」

賊心不死，越挫越勇，在我媽身上淋漓盡致地展現。

以前我覺得她很扯，但後來漸漸地，我卻對她生起了佩服之心。

我想，換我是她，我能這樣越挫越勇？我能這樣在受到極大打擊之後，又快速滿血復活，重新振作精神，投入未知中奮鬥？

我覺得我不能。但老媽可以，她勇於向前，不達目標，絕不放手。

所以當最後的最後，我媽找到了她的再婚對象——澳洲阿伯時，我雖然吃驚，卻不覺得意外。

有時候，人活著，眞就是爲了一口氣，一點永遠不滅的決心。

11 出發 往下一段旅程

很多故事的結尾，其實在開始的時候就出現了。草蛇灰線，伏脈千里，起初或許不清不楚，但到了最後會發現，那些斷斷續續的痕跡，其實連貫串起了一切。

人生一直都是一個又一個大大小小的圓。

老媽的再婚對象，是在當初上網找外國人聊天的時候就認識的，他就是最初願意陪我媽聊天練英文的兩個澳洲人之一。

我媽那種一秒鐘都不浪費的個性，在他們第二次聊天時，就逼問人家，「你要不要跟我結婚？」

我猜即使是活得很自我、很隨興的澳洲歐吉桑，也很難接受我媽這種直接。他說：「我們先做個朋友吧。」

老媽是個明確的人，她把這句話歸類在「他對我沒興趣」，於是立刻把他從待嫁名單中劃掉。

這個名單還眞的存在，就貼在我媽書桌前，世界地圖的旁邊。這個名單經常塗改，時長時短，我每次去她那邊，都要爲名單上的人默哀幾秒鐘。不過話說回來，那張名單上的每一個人，最後都逃過了我媽的「毒手」，眞是可喜可賀。

總之，兩人雖然一開始沒能看對眼，但澳洲歐吉桑卻是我媽認識最久的網友。他們從練習英文到深入認識，大概有一、兩年左右的時間。事實上，我媽一開始是把他當成類似閨密的角色，很多話不能跟我說的時候，就去跟人家說。她向他報告自己最新的「狩獵進度」，甚至討論哪個國家狀況如何，適不適合生活？

我其實有點搞不清楚，她是怎麼翻盤把人家搞定的。只記得有一天，我們見面吃飯，她忽然開口跟我提起：「我想去見網友。」

對此我早就見怪不怪了，不以爲意地說：「喔，妳也不是第一次見網友了，小心點就好。」

我媽清了清嗓子，強調地說：「我是要去澳洲見網友。」

國際級的見網友？我一下愣住了，傻在那裡，沒有反應。

我媽說：「我朋友先前住在雪梨，現在搬到了墨爾本。我跟他說，想再去澳洲玩一趟，他說好，叫我過去，他有車可以載我出去玩。我們都計畫好了，我先過去墨爾本住幾天，等他放假，就去黃金海岸那邊玩兩週，然後往下去雪梨，再看要不要……」

我打斷她的話，說：「等等，不要自說自話好嗎？妳要去澳洲，我有答應嗎？」

我媽說：「我要去哪裡還需要問妳嗎？」

我說：「當然了！我是一家之主啊。」

我媽笑起來，是眞心覺得好笑。她說：「哈哈哈，妳管得了誰？」

我說：「我誰也不管，就管著妳。妳說，妳要跟誰一起去？」

我媽說：「跟他啊，跟我朋友。」

我說：「不是！我是說妳要跟誰一起去澳洲，妳有同伴嗎？」

我媽說：「沒有，我一個人去就行了。」

這比詐騙集團遠道來訪還令人瘋狂啊！我立刻就叫了起來，說：「不行！這絕對不行！」

「爲什麼不行？」

我說：「妳一個人大老遠跑去一個完全陌生的國家，跟一個非親非故的人出門旅行，這正常嗎？」

我媽說：「妳不也經常一個人去日本自助旅行？」

「這兩件事情能混爲一談嗎？我幾歲？妳幾歲？我去哪裡？妳去哪裡？妳怎麼知道他不是詐騙集團？上次妳才被騙過，居然學不了乖，又來了！」

我媽天眞無敵地說：「上次是上次，這次是這次；上次是假英國人，但這次是澳洲啊！澳洲怎麼會有詐騙集團呢？」

我的邏輯碰上家母的邏輯，就只剩下暴躁了。

好想找條鞭子抽她，但不能這麼做。我盡量緩和情緒，好聲好氣地說：「媽，這樣好不好，我幫妳安排一個旅行團，妳在墨爾本停留幾天的時候，跟對方碰個面，假使覺得感覺不壞，下次再去找人家。」

我媽大搖其頭，「旅行團多貴啊，又停不了多久……我想至少去玩三個月。」

我又歇斯底里了，「什麼三個月？不可能！妳這個歐巴桑怎麼聽不懂人話啊？怎麼能待上三個月？頂多三天！」

老媽很堅持，「三天？連去臺南玩一趟都不夠。而且我不要跟團，旅行團很無聊。我要自己去。」

我把自己從心臟病發的臨界點前拉回來，大口喘氣，慢慢地說：「……妳自己去，我不放心。那妳能不能等我一下，等我把工作安排好，陪妳去玩個兩週？我不是阻止妳去，只是擔心妳呀。妳看啊，這一趟過去，妳見見對方，我也認識認識，假使覺得那人好相處，可以發展下去，下一回妳再出去我就不攔著，三個月就三個月。」

我媽想了想，也退讓了一步，說：「好吧，那也可以。但妳得快啊！我想最慢下個月就出發。」

快？我才不想快呢！我就是想慢，越慢越好。

老實說，我一點也沒有打算安排去澳洲旅行兩週。我只是想先拖一拖時間。畢竟我媽做事，很多時候是三分鐘熱度。

我打算先同意，然後以工作爲藉口，拖上十天半個月、半年一年的。這段期間也許她和對方有了什麼變化，鬧翻了、吵架了、賭氣了，那我們就不用去了。

但我也曾說過，家母的個性是想說什麼就說什麼、想幹什麼就幹什麼。她總是會用實際行動證明，不管年紀再大，她都是一頭活蹦亂跳的野馬蹬羚，想要控制她，絕非易事。

她全憑野性，不按牌理出牌。

就在我媽說「好吧，那也可以」的第三天早上，她突然打電話到辦公室來找我。用一種極度刻意的語氣，笑嘻嘻地在電話那頭喊我的名字，說：「嗨，女兒，我是妳媽呀～」

早上是我最忙的時候，我沒好氣地說：「……這還用說嗎？誰都聽得出來好嗎！怎麼了，有什麼事情？妳在幹什麼？我很忙，等等還要開會。有什麼話趕緊說，我沒太多時間閒聊。」

我媽問：「我知道妳忙。就只是想讓妳猜猜，我現在在哪裡？」

這還叫做知道我忙？我要是不忙，該不會得猜她身上衣服的顏色吧？我不耐煩地說：「問這個做什麼？妳真的當我很閒啊！妳在家還是在菜市場？哎呀，到底有什麼事，妳可不可以說快一點？」

說這話的同時，我聽見電話那頭傳來非常清楚的背景音：「搭乘國泰航空公司某號班機往香港的旅客請注意，請由某號門登機」「華航某號班機前往新加坡，最後一次登機廣播」……那聲音之清晰，不可能造假。我頓時有種徹底懵了的感覺！

我困惑地問：「妳怎麼會在機場？接誰的飛機？今天有誰要回來嗎？我怎麼都不知道？」

家母用歡欣鼓舞、開朗無敵的口吻說：「哇，妳好會猜喔，妳怎麼知道我在機場？哎呀，這麼快被妳猜到就沒有意思了。」

我有種極端不妙的感覺，咬牙切齒問：「妳、給、我、說、清、楚，妳、爲、什、麼、在、機、場？」

家母理直氣壯地回答，「因爲我要搭飛機去墨爾本見網友呀！」

我有沒有說過我媽是十六歲叛逆期少女？即使我對此早有認知，但對於叛逆期的女孩子會幹什麼，我理解的也不太多！我十六歲的時候……不，我即使是六歲的時候，也沒有這樣膽大包天、任性妄爲、說幹就幹、說上就上！

我怎麼沒想過要弄條繩索把這個歐巴桑拴在家裡呢？我完全能夠理解那種子女出門上班，把生病父母栓在家中的新聞是怎麼回事了，人生如果能夠重新來過，我就得這麼幹！我需要一條鐵鏈！

她怎麼能這樣對我呢？

我盡量用安撫的語氣詢問，「媽，妳是說眞的嗎？我們不是講好了？等我把工作安排好，就陪妳去澳洲。」

她說：「妳動作太慢，我等不及。」

我有點火了，「三天！才三天！我得要多快妳才滿意？」

我媽說：「三天對我來說已經很長了！我老了，什麼都得快！一天都拖不得。」

我氣得要中風，吼著說：「那妳怎麼能說跑就跑？」

我媽說：「因爲妳會阻止我呀！」

我說：「我才不會……不，我會！沒錯！我就是要阻止妳！妳做事可以這樣嗎？什麼都沒搞清楚就要出去！妳連澳洲的護照都沒有吧？」

我媽說：「我辦好了。」

我說：「三天內？妳找哪個王八蛋旅行社代辦的？他媽的這麼有效率！」

我媽說：「是我自己去辦的。我去澳洲辦事處，四十五分鐘就辦好了，人家效率好好！」（這裡要說明一下，以前臺灣的澳洲辦事處可以當場核發澳洲簽證，速度很快，後來好像改了，得送件去香港辦。）

我驚呆了，「妳怎麼知道可以自己去辦簽證？妳怎麼知道澳洲辦事處在哪裡？」

我媽說：「我會孤狗啊！」

是誰幫她裝電腦的？我！是誰教她用網路的？我！萬能的孤狗，我恨你啊！

我在電話這頭仰天長嘯，「他們怎麼可以這樣隨便發簽證給妳？他們有問過我的同意嗎？」

「爲什麼要問妳同意？」

我說：「因爲我是妳女兒！而妳腦子不正常！」

我媽說：「我沒有不正常。我告訴妳，妳做事拖拖拉拉的，從小就慢。我等不及了。現在是網路化的時代，我辦了護照就上網買了機票，我還買了一個旅行箱、一個新包包……本來想先讓妳看的，但我想妳一定會阻止我，所以沒跟妳說。妳不用擔心啦，我跟朋友講好了，到了澳洲，他會到機場來接我！」

我哭都哭不出來。「妳連 Line 的貼圖都不會買，怎麼會上網買機票？」

我媽說：「買機票有什麼難的，就跟在網路上購物一樣簡單。我既然能在網路上買洗衣機和冷氣，也能買到機票。我才沒妳想像得那麼笨呢！好了，我真的要上飛機了。我是怕妳擔心，才打電話跟妳說一聲。妳看看，妳的脾氣怎麼這麼壞？一天到晚大吼大叫的。妳在外頭工作，也這樣對人吼來吼去嗎？這樣不好，真的不好！」

「放屁！我就是攤上妳這個老太婆，才會每次都被氣得神智不清瀕臨失控的好嗎？」

我頭都炸了，口無遮攔。

但很快我發現，對老媽吼叫反而可能把她逼得更遠，連忙放緩語氣試著挽回。

我喘著氣說：「媽，我們有話好好說，好嗎？」

她很誠摯地說：「我現在就在跟妳好好說話啊。」

我說：「妳不能這樣逼我啊！我不是不陪妳去，是工作太忙。等忙完這一陣，我就陪妳去澳洲，好不好？去兩週、去一個月都行！」

家母寬容地說：「沒問題，妳慢慢安排，我先出發。」

這老太太怎麼軟硬不吃呀？我立刻扯破臉，「妳是不是聽不懂人話？妳給我立刻回來！不然我要去法院告妳！我要禁治產妳這個歐巴桑！妳手上有點錢就亂來了！妳不可以這樣！」

我媽說：「但我要登機啦。」

我都要急哭了。「我要打電話給航警局！打給外交部！妳怎麼能說跑就跑？妳去那裡要住哪裡？」

「住我朋友家。」

我吼：「他是個詐騙集團！」

老媽用安撫小孩的語氣說：「妳怎麼可以這樣說呢？人家對我很好，陪我練了好幾年英文，還說要招待我到處去玩。」

我說：「我、我、我也對妳很好啊！」

我媽說：「所以我到出發前還想著給妳打電話啊！」

啊！這是一個邏輯的死胡同！我冷靜幾秒鐘，又對她說：「媽，妳在那裡有沒有其他朋友？」

我媽說：「他就是我的朋友。」

我立馬又要暴走，「我說的是其他朋友！妳想過沒有，人家要是不來接妳、騙妳、要妳、丟下妳、甚至暴打妳……妳舉目無親，要找誰幫忙？」

她說：「……找警察？」

我真的要被急哭了。「拜託妳，不要上飛機！我們有話好說。妳要是出了什麼事怎麼辦？妳告訴我，妳朋友家的地址是？」

我媽說：「喔，我忘記問他了。」

我飆出髒話，「我操！那電話呢？」

媽說：「我也忘記問了。不過沒關係，他知道我的班機號碼，會到機場來接我。等我和他見了面，再打電話告訴妳。」

我叫了起來，「媽、媽、媽！妳手機有沒有辦澳洲網路？」

我媽說：「有啊，不是妳給裝的嗎？中華電信啊！」

我說：「那是在臺灣用的網路啊！」她果然還是應該去上長青電腦班！

我媽說：「中華電信在澳洲不能用嗎？沒關係，到時候再問問我朋友看要怎麼辦。好了，妳不用擔心，也不要太生氣。妳啊，身體不好，一直這樣大吼大叫的不會頭痛嗎？哎，我真的得出發了，再見。」說完，她就把電話掛了。

辦公室裡所有人都聽見，我是怎樣對著掛掉的電話崩潰，咆哮大叫捶桌子罵去你媽、臭婆娘，還把鐵製辦公桌踢得砰砰響！

我問其他人，「有誰知道怎樣阻止飛機起飛？」

一個同事結結巴巴地提議，「……謊報機上有炸彈？」

有幾秒鐘我真的想要打這種電話，但下一秒同事就按住了我的手，勸我千萬不要。她們叫我打電話問航警局、問海關、問桃園機場，看能不能阻止我媽出國，但無論我打誰的電話，只要對方問：「她搭哪家航空公司的班機？」我就答不出來。我甚至不知道我媽搭的是直飛還是轉機，她什麼時候到澳洲，我也一概不知！

可惡！連想要謊報機上有炸彈都做不到！

家母就這樣頭也不回地去了澳洲，一去三個月，只打過兩通電話回來。一次是下飛機後的第三天，那時我已經在找澳洲認識不認識的朋友，試圖要越洋報警。

她的電話非常簡短，只管自說自話，「我不知道怎麼打國際電話回臺灣，網路卡也不會換，不過現在好了，我沒事，妳可以放心了喔，掰掰。」然後就掛了電話。

沒告訴我聯絡地址，也沒告訴我電話。

我行我素，以此爲最！

再一次，是旅程最後要回臺灣前，她又打了一通電話給我，說：「我現在要上飛機回臺灣了，妳可以到機場來接我。」

也沒告訴我她搭幾點起飛的班機、哪家航空、到臺灣是幾點！

碰上這種媽，豈止血壓高，我還精神崩潰呢！

這趟回來，她沒有久留。在下飛機的半小時內，又買了張機票要返回澳洲。她在臺灣只停留兩週，收拾了一箱換季的衣服。

我抓狂了，怒氣沖沖地問爲什麼？

她回答：「老先生捨不得我，我要回來的那天早上，他哭了，還哭得很傷心，所以我得趕快回去陪他。」

會流眼淚了不起嗎？我說：「……我也哭的話，妳會留下來陪我嗎？」

她斬釘截鐵地回答，「不會。」

我委屈死了，氣急敗壞地嚷嚷，「妳怎麼可以這樣？胳膊向外彎。我才是妳女兒好不好？」

媽說：「但是妳已經長大了呀！妳看看，妳把自己的生活打理得很好，妳不再需要我了。妳有很多比我更重要的事情要忙，而我跟他在一起的時候比較快樂。對不起，我要自私一點，而妳要學著放妳媽媽自由。」

那一次我送她去機場。臨別的時候，她像外國人一樣地擁抱我，身上有股淡淡的香水氣味，在很多很多年前，在我還是個年幼孩童的時候，在她還是個妙齡少婦、職業婦女的時候，有時候，我會聞到她身上有那樣甜美的香水氣息。

那個時候，她還很年輕，還會花心思打扮，會穿漂亮衣服、會戴耳環、會化妝，會做一些後來許多年都不再做的事情。

現在她又把這些拾回來了。

我說：「媽，妳要當心啊，要是出了什麼事，得聯絡我。」我說：「我教了妳怎麼在機場買手機網路卡、怎麼裝，妳別忘了，到了那邊一定要馬上裝起來，跟我聯絡，好不好？」

她說：「好，我一下飛機就立刻弄好網路聯絡妳。妳別擔心，阿伯人很好，他很可信。妳要相信我，也要學著相信他。」

她說完，用力摟了我一下，轉身走向出境口。夾雜在出境的人群中，我媽的背影看起來並不老邁，她雖然走路一跛一跛，但顯得很有精神，她穿著豹紋上衣、釘著亮片的新外套、瀟灑時髦的皮褲，她的大波浪頭髮搖擺著……她回過頭來，對我揚手道別，她說：「別擔心，我馬上就回來！」

那瞬間我看到許多往昔的影像。

我看見老爸還在的時候，他們手拉手一起出門爬山的模樣。

我看見父親過世的那天早上，在後陽臺的水槽邊，媽把手泡在髒衣服和泡沫裡，在水聲中流淚哭泣。

我彷彿又回到了那個為錢爭吵的夜晚，聽見她歇斯底里的嚎叫和無止盡的抱怨。我看見自己決絕地搬出家門，而她坐在客廳沙發上一聲不吭的沉默。

我也看見後面許許多多次，她躺在病床上，等待送進手術室或從手術室被推出來時的虛弱和恐慌……

當那些爭吵、憤怒、悲傷、無奈、沮喪、絕望、氣憤統統過去，當人生走到這個瞬間，我忽然有所領悟。

所有好與不好都是生活的一部分，人生是一個大圓，而我們只要活著還有一口氣在，就在這個圓和下個圓與無數個圓之間打轉。

沒有過去，沒有今天，也沒有未來。

雖然是一個這麼不靠譜的老媽，但她也走出了，自己的圓。

我對老媽舉了一下手，搖晃了兩下，大聲說：「一路順風。」

她笑了，走進出境口，被人群遮住了身影，出發往下一段旅程。

DEPARTURE

後記
在那之後的事

二〇一七年的清明節連假，我在網路上寫下老媽的故事。說故事的時候，媽已經再婚並搬到澳洲近五年了。

這些年，她長居在澳洲，每年回來一次，停留時間從兩週到一個月左右不等。但礙於我的工作與生活安排，即使她千里迢迢地回來，我們也不能時常碰面，頂多一週吃上一次飯，剩下的時間我們仍然分開來過。

她有她的安排。她會帶著澳洲阿伯全臺走透透地旅遊，最喜歡的活動是逛夜市與泡溫泉。每次我們見面，阿伯總是眉飛色舞地用我完全聽不懂的英文（阿伯的口音實在太重，而我的英文卻從來沒有進步過），滔滔不絕地向我描述溫泉有多好、夜市多麼有趣、甘梅薯條是他吃過最好吃的食物（按照阿伯的形容，甘梅薯條足以征服宇宙）……

他們在家裡待不住，除了三天兩夜的花蓮、宜蘭、臺東旅行之外，還經常不定時地進行「高鐵一日遊」，搭著高鐵去某個定點，中午出發，晚上回來，沒有目的，沒有方向，只是爲了去當地晃晃。

因為毫無計畫，所以我們經常發生如下對話：

我問：「你們星期三去了嘉義？」

我媽說：「對啊，嘉義和以前不同了，真令人驚訝。」

我問：「多久的以前？」

我媽想了一下，說：「妳小時候，我們不是帶妳去嘉義玩過？」

我說：「那是我十歲左右的事情啦，我現在都四十歲了！三十年了，怎麼可能沒有改變？」

我媽說：「但感覺就像是昨天的事情一樣。那個時候沒有高鐵，交通工具全靠火車或妳爸開車，現在好了，說走就走，一下子就能到。」

我突然安靜了一下。歲月能改變山川地貌，但某些事情、有些人、有些記憶，是時光無法輕易撼動的，譬如我爸。

我壓下了洶湧奔騰的記憶。停了一會兒，追問道：「所以妳們去了阿里山？」

我媽說：「沒有哇。」

我又問：「那你們吃了嘉義的火雞肉飯？聽說很有名。」

我媽回答：「也沒有喔。」

我猶豫地問：「你們去了嘉義，沒上阿里山？沒吃火雞肉飯？那你們做了什麼？」

媽說：「我們出了高鐵站，發現有免費接駁公車，就搭車進市區，結果半路上看到一座很大很大的公園，很舒服的樣子，就下車了。我們在公園裡坐了一會兒，晒晒太陽吹吹風，還跟兩個老人家說話。後來一人喝了一杯冰涼的仙草茶，在涼亭裡瞇了一下，最後看天色有點晚了，就原路搭車回高鐵站，買了個便當上車吃，然後就回到臺北啦。」

我噎了一下，很大的一下。搭高鐵去嘉義逛公園，當天折返……這種事情，怎麼想都沒腦子、不合理、亂七八糟、毫無章法。

爲求謹愼，我小心確認，「妳是不是不知道去嘉義該玩什麼？該住哪裡？」我說：「下次你們要去哪裡，可以先跟我說，我幫妳安排行程、訂住宿。現在很多事情都得靠網路處理，譬如訂房間啊、租車什麼的，妳可能不懂得怎麼用，沒關係，我可以幫忙。」

我媽一揮手，很瀟灑地說：「我不需要妳幫忙。我們就沒打算住那裡，也沒想要搭小火車上阿里山。我們只是找個地方走走、逛逛，隨興繞一繞，那就很好了。」

我簡直有點想生氣了，「走走逛逛繞一繞，這種事情幹嘛大老遠跑去嘉義呢？妳家附近也有很大的公園呀！有大樹，有涼亭，也有陽光和涼風，還有一座大操場，走路十五分鐘就到了，雙腿萬能，完全免費，何必花這麼多錢來回搭高鐵？這不是不合理嗎？這不是多此一舉嗎？這不是……跟錢過不去，浪費錢嗎？」

我振振有詞，但老媽卻用一種「妳什麼也不懂」的眼神看我，她說：「但那就不是出去玩啦！去很遠的地方繞一圈，感覺很好的。妳太年輕了，根本不懂。在公園裡喝那杯仙草茶、在高鐵上吃一個火車便當的感覺是最好的。我就喜歡這種感覺，阿伯也喜歡。」

講到阿伯的喜好，我就沒有辦法說話了。我瞄了旁邊的阿伯一眼，他雖然聽不懂我們在吵什麼，但眼神中永遠充滿興致盎然的樣子，見我看他，便對我咧嘴笑，呱啦呱啦地說了一串英文。

我說：「媽，翻譯一下，妳老公在說什麼？」

媽不滿地反問：「這麼簡單的英文，妳聽不懂嗎？」

我咬牙切齒地說：「我、的、中、文、也、超、簡、單、的，他、不、是、也、聽、不、懂！」

媽說：「他說，嘉義很好玩。」

我冷哼一聲，「最好是啦，就喝了一杯仙草茶，哪裡好玩了？」

媽皺起眉頭說：「只有妳嫌東嫌西，我們都覺得挺好的呀！我跟他去哪裡都好，我們相處總是很愉快，不吵架，說走就走，說回來就回來。阿伯喜歡高鐵和火車，只要搭那些車，他就很開心。」說罷，朝阿伯投以甜蜜一笑。

我一直不能理解別人看我媽這種笑容是什麼感覺，但在我看來，我媽這種「甜蜜一笑」實在太噁心了……她一輩子沒對我這樣笑過，她要是經常這樣對我笑，我的心臟一定會出問題。

但仔細回想一下，在記憶的最深處，我似乎曾經見過她這樣對我爸笑。那是我很小很小的事情了，甚至是妹妹還沒出生的時候。當時，我爸我媽都還很年輕。我記得有一次午睡醒來，從臥室出來，看見老爸老媽兩人坐在沙發上，互相依偎，媽把臉靠在爸的肩窩上，不知道說了什麼，媽笑著，我爸也笑著。

後來我漸漸長大，父母逐漸老去，生活變得忙碌，充滿了各種混亂、雜七雜八的瑣事和種種煩惱與挫折，多數時候他們都在爲金錢奔忙，曾經爭吵過、也有過各種不合，那樣平靜依偎的時光，就消失了。

父親退休那一、兩年，爸媽彷彿又重拾了往日時光，但好景不常，沒過多久，爸爸就過世了。這樣的笑容，在後來的許多許多年間，我從未曾見過。那段時光充滿陰暗、衝突、爭吵、矛盾、不安、困惑和各種大吵大鬧……一切事物都很負面，沒有笑容。

如今弄得我都不習慣看媽笑了。

我見老媽一笑，背脊抖了一下，但阿伯渾然不在意，也對她露出笑臉，還伸手撫摸我媽的手，兩個人甜甜蜜蜜地緊偎在一起。

他倆在一起的時候，探照燈都沒那麼亮！阿伯總在我媽的大腿和手臂上摩娑，滿口甜心、蜜糖地喊個不停，當著我和妹妹的面，在餐廳裡公然晒恩愛，兩人不時像啄木鳥一樣「啁啁啁啁」地嘴對嘴親親。

這兩個人只有十六歲嗎？這樣有礙觀瞻！近距離放閃！置我和妹妹於何地？

做為一個保守華人、平凡女兒的我，每次目睹此景總覺得頭皮發麻、渾身冒雞皮疙瘩。我往後靠，試圖把自己藏進座椅靠背裡，或白眼直翻到天頂，或與妹妹無言對視，藉此閃避這種兒少不宜的畫面。

熱戀中少男少女會出現的畫面，落在兩個白髮斑斑的六、七十歲老人身上……我並非厭惡，只是不知道怎麼以平常心面對。心裡本能地感覺抗拒，但又覺得並不壞。我覺得老媽很享受這樣的生活。而我也覺得，人到暮年，能夠這樣愛與被愛，是一種幸福。

阿伯是一個開朗的、沒有心機的澳洲老先生，按照我媽的形容，他是「一個大孩子」「心無城府，沒有算計」「開朗過頭」「好相處」「喜歡就喜歡，不喜歡就不喜歡」「對錢沒有概念」「不太會過日子」「總是開開心心沒有煩惱」的傢伙。

阿伯的陽光性格一定帶給了我媽相當的影響，因為我立刻可以感覺到，再婚後的媽媽與往昔相比，好相處了許多。她不再那麼固執、堅持、追著小事不放、在意別人（譬如我）的事情勝過在乎自己。

現在她更關注自己的生活，在乎如何過生活。

阿伯是嚴重的浪漫派。他是那種會一大清早自己穿好衣服，走出家門，摸摸索索半天找到附近的花店，只為了買一朵紅玫瑰回來放在我媽床頭的那種人。有一回我去老媽家吃午飯，就見他從外頭回來，半跪在地，捧著一小束花送給我媽，深情款款地表白，「螺絲，妳是我最愛的紅玫瑰。」

我的白眼簡直不知道該翻到哪裡去，才能閃避這放閃到極點的畫面。面對這對老先生老太太，我的眼睛經常因爲翻轉過度而快抽筋，遲早要去看眼科醫生。

而老媽則笑得花枝亂顫，一面推他起來，一面害羞地嬌笑說：「哎喲、哎喲、哎喲～」

她那笑容比甜蜜一笑的殺傷力還可怕，我被堵在客廳裡，無法閃躲，困窘至極。

他倆聯合放了半天閃，媽才彷彿想起我來（到了這個時候，女兒顯然已經不是這個世界上最重要的人了，我經常被遺忘），回過頭來，對我有點窘又有點得意地解釋，「他就是這樣的人啦！」

我有點沒好氣，嘴裡很壞地叨唸著：「都五年了還這樣，你們是不膩啊？妳都見光死了，他還沒認清現實？看不清楚妳的眞面目？阿伯也有M屬性嗎？」

是的，人生很多事情是見光死。沒看見時充滿想像，但見了面就揭開一切、餘韻蕩然無存。可是說也奇怪，我媽和阿伯這一對，好像沒有這方面的問題。

老媽在去澳洲前，穿著「戰袍」在客廳裡推著行李箱來回走，翻來覆去練習著如何單手摘下墨鏡的場面，至今記憶猶新。而五年過去了，人還是那個人，模樣卻全然不同了。

現在的老媽是個貨眞價實的歐巴桑。即使染髮也趕不上白髮生長的速度，大波浪髮型因爲無法維持，取而代之的是怒髮衝冠的岳飛頭，墨鏡和大耳環不知道都扔哪裡去了，替換的是架在耳朵上，厚厚的老花眼鏡。

低胸豹紋裝被居家T恤和牛仔褲取代，曾經華麗的行頭也都不見了，現在的她，腳上常穿著的是一雙平價運動涼鞋，能夠上山下海泡在水裡也不心疼的那種，單肩淑女包也被黑色或灰色運動背包取代……她不化妝了，也不擦口紅，從老公主回到了黃臉婆的模樣。

我問起那些戰袍和行頭的下落，媽皺著眉頭想了想，說：「不記得了，可能搬家的時候扔了吧，現在誰還穿那個？」

我奇怪了，「妳當初不是穿得很高興嗎？還處心積慮到處去張羅那些行頭。」

我媽說：「那是當年啊！」口吻非常自然。

我說：「現在呢？」

我媽說：「現在是現在，不一樣的！我那時候打扮是爲了釣男人，現在是安定過日子。我定下來了，總不能天天當狐狸精。」

我的下巴掉得簡直接不起來，誰會光明正大地把「釣男人」和「狐狸精」這種字眼說出口。「妳、妳怎麼能這樣說呢？」

她瞄著我，「怎麼樣，不能說嗎？」

我說：「也不是不能說啦……但誰會這麼說啊？說什麼狐狸精釣男人，這話不好聽。」

我媽說：「我就這麼說話。我告訴妳，所有不好聽的話都是實話。人哪，一時一時都要隨著時事變化去改變自己、適應環境。居家過日子有居家過日子的樣子，找對象的時候，就得做出另外一個模樣來。」

我指責她，「媽，妳這樣豈不是表裡不一嗎？」

她理直氣壯，「人本來就是表裡不一的啊！誰眞的心口如一？那不是笨蛋傻子嗎？我跟妳說，妳心裡改變，外表自然也會改變。女人要找對象的時候，就得把自己打扮得好看一點，那是一種訊號，告訴大家我想要幹什麼，不然誰知道我想找男人，我要招風引蝶？妳、妳、妳……哎，我該怎麼說妳呢？妳就是不結婚不談感情，所以對這些事情完全不懂。看看那些年輕女孩，爲什麼她們未婚的時候都打扮得花枝招展，但找到了對象、安定下來、生了孩子，就都成了黃臉婆？因爲重心改變了呀！人總要回歸生活。既然要生活，就要配合日子調整生活方式，不可能永遠都當美人魚。魚尾巴是很美啦，貝殼胸罩也很性感，但成天做那樣的打扮得是當不成王妃的，妳懂不懂？」停頓一下，她又說：「況且天天打扮得跟紅綠燈或聖誕樹一樣，也是很辛苦的。所以我不是說了嘛，我得趕快再婚，等過了六十歲，就沒那個力氣花心思做這些事了。人哪，就是要趁有力氣能爲自己張羅的時候，趕緊爲自己做點什麼，過了這村，不只沒有這個店，還可能連走都走不動。」

我很誠實地說：「媽妳放心吧，憑妳這股力氣，哪怕成了百歲人瑞，都能招蜂引蝶。」

我想，經過了這麼多人與事，老媽最終找到了她想要的生活方式，找到了她愛的人和愛她的人。用這做爲一個故事的結局，或許不錯。

但還有些事情，是需要放在最後說的。

因爲阿伯退休的緣故，我媽和阿伯的生活，脫離了吉普賽風格的露營車，轉而在墨爾本定居，她回到臺灣的時間也拉長了。

二〇一八年的農曆新年前，她和阿伯回到臺灣，第一次在臺灣過農曆年。

這是她婚後我們第一次一家團聚起來過年。四個人坐下來，圍著一桌吃年夜飯，感覺非常奇妙。

還記得我說過的？曾經，我是那麼不願意讓另一個人走進我爸建立的家庭，坐在他的位置上，我覺得，誰也不能代替我爸。

但在今年的團圓餐桌上，面對阿伯，我卻覺得沒有違和感。

阿伯極其挑食，他對青菜毫無興趣，但我媽卻是一個熱愛蔬菜成性的人。餐桌是我媽掌管的天下，她準備了火鍋，往裡面丟入各種各樣的蔬菜。而阿伯有一個吃烤肉用的電烤盤，他把醃製的牛肉往上面擺，在滋滋作響、香氣四溢的燒肉聲中，開開心心地大嚼烤肉，一面看著我媽往嘴裡塞花椰菜。

他會叉著牛肉（讓阿伯用筷子實在太殘酷了），在我媽面前轉兩圈，像逗小狗一樣地壞笑，說：「要不要來點牛肉啊？」

我媽用筷子推開他的叉子，挾了高麗菜蘸調好的醬汁，含糊不清地說：「不要，不要，我不吃，你吃！」

阿伯一連兩次牛肉誘惑，不見我媽上勾，怏怏地收回了叉子，把牛肉塞進自己嘴裡，對著我媽說：「妳，兔子！兔子！」

我媽回敬，「你，老虎！老虎！」

阿伯得意洋洋，舉著叉子喊：「我是老虎！」說完還虎吼一聲，樣子非常幼稚，跟幼童沒有兩樣。

我媽對我擠眉弄眼，用中文說：「他就是這樣，孩子氣，眞讓人拿他沒有辦法。」但語氣並不是無奈的。

這樣一家團圓的場景，即使是在我最瘋狂的想像裡，也未曾出現過。但它確實發生在現實中。環顧在座每一個人，就在那一瞬間，我忽然明白了許多事。

我想，這就是家會有的樣子。雖然少了一個人，雖然新增了成員，但還是家。家有各種可能的模樣，一個人的家也是家，四個人的家也是家。有人離開，有人加入，有些失去是永遠的，有些變化是長久的，但都沒有改變家存在的模樣。

父親過世後的每年除夕，即使三人圍爐，但想到永遠缺席的爸爸，我的心情總是滿懷哀傷，好像所有的圓滿都帶著點殘缺，有些缺憾永遠無法補滿。

但就在阿伯加入除夕餐桌的那個晚上，我清楚地感覺到，殘缺已經不存在了。我爸是從這張桌子上離開了，但他活在我的心底，透過我的眼睛，與我們存在。

我想，如果老爸地下有知，也會爲我們高興，爲老媽高興。因爲最後，我們都用自己的方式找到了活下去的方法。

我媽，年過六十，在生活上仍然奮勇不懈，選擇自己覺得快樂的方式生活，努力朝著那個方向前進，自始至終沒有妥協。而我們也都接受了她的選擇，甚至有時候會覺得，她能這樣活力十足地生活、有一個人能夠接替爸爸與她同行，是她的，也是我們的幸運。

沒有誰會取代了誰，有的只是不停融入。

除夕後不久，阿伯因爲澳洲有事必須先回去處理，而老媽因爲看牙齒，決定在臺灣多待一段時間。

非常湊巧，這一次停留，她碰到了清明節。

清明節和過年一樣，對我們來說，是一個微妙的節日。

爸的骨灰放在陽明山，剛開始幾年，每逢清明，我們總是一家湊齊了上山掃墓。但後來因爲妹妹工作的緣故，很難在假期抽出時間來，而媽媽受傷了，腿腳不便，不方便上山，再加上每到掃墓時節，山上萬頭鑽動、煙霧繚繞，再心平氣和的人，在那種人擠人的環境裡也都忍不住浮躁起來，所以當媽表示她不想上山的時候，我就一個人行動。

我的掃墓速度飛快，來去一陣風，簡化瑣碎細節：我不燒紙錢，也不帶祭品（祭到最後，還不是都進了自己的五臟廟）……我一直覺得，爸早不存在於靈骨塔中，也不在那座山上。我覺得，爸早就得到了自由，他可能轉世，可能去了很遙遠的地方。我每年上山掃墓，祭掃的不是他的靈位，而是我的心。

我總在他的靈前，向他報告一年的狀況，大多都是好事，事實上，即使在最壞的時候，說出來的也是好事。不是因爲我隱惡揚善、報喜不報憂，而是爸活著的時候，總是給我希望。他曾經是我最堅定的靠山，雖然他離開了，但那種感覺卻一直留在我的心底。

無論現實生活多麼糟糕，在看到老爸的靈位、看見他含笑的遺照時，我都會覺得：不，我不相信，世界沒有那麼糟，事情沒有那麼壞，我一定能過得很好，我相信自己，因爲曾經有這樣的一個人，對我深信不疑。

剛開始幾年，我總是在看到老爸的骨灰罈時痛哭流涕，覺得悲傷，感覺失去他如撕裂般地疼痛。但後來漸漸就不哭了。不是不悲傷，而是逐漸能夠明白，有些人即使走了，仍然活在我的心底。死亡，絕非道別，遺忘才是。

近十年，媽都沒有上山掃墓，再婚之後就更別提了。我也已經習慣了她不去掃墓。我不覺得那是因爲她不能面對老爸，而是覺得，對媽媽來說，「過去」這件事情其實遠比「記住」更重要。年輕人才需要記住，對老太太來說，那些記住的，都已經是過去式。

所以，當媽主動開口告訴我「今年掃墓，我也想去」時，我是驚詫的。

我再三確認，「眞的嗎？妳眞的想去？」想一想，又說：「其實去不去都沒有關係，我們都知道，妳腳不好，況且掃墓的人很多，連我都有點受不了。妳以前就不喜歡那樣的場合，何苦要受這份罪？」

老媽想了一下，說：「不，我還是去吧。阿伯回澳洲了，我一個人，正好跟著妳去。我也有很多年沒有見到妳爸了……」說到這裡，她停了下來，遲疑了很久很久，聲音突然壓低許多，慢慢地說：「……我不知道，他願不願意見我。」

我困惑了，說：「爲什麼不願意？」然後又半開玩笑地說：「妳以爲，他困在那罈子裡，能有什麼選擇嗎？」

我媽抬頭看我，神情嚴肅，沒有笑容。她問：「妳覺得妳爸爸會不會說，這個臭老太婆都嫁別人了，還來看我做什麼？他會不會生氣？會不會吃醋？會不會覺得我沒給他守著……很不好？」

我想說：「這都他媽的什麼年代了，誰還守著誰呀！」也想說：「妳嘴上這樣說，還不是再婚啦，誰能攔得住！」還想說：「想這麼多，那妳幹嘛還要去！」更想說：「當初再婚的時候妳有想過這些嗎？問我，我哪知道！」

但最後我什麼也沒說。

因爲我發現，老媽是認眞的。她眞的憂慮、煩惱，滿懷不安。

這個神經病歐巴桑，衝出家門直奔澳洲的時候，那麼風疾電馳、雷厲風行，誰的意見都不聽，誰都不問，誰也都擋不住。她不是說走就走，把我氣得心肝肺都痛，急得差點就瘋了？那個時候，她有想過我可能會被她氣出腦溢血或高血壓嗎？她可曾有一次思考過，那麼沒有章法、毫無計畫的行動，會給自己惹上麻煩嗎？她要結婚之前，還找了藉口把我狠狠數落了一頓，氣勢洶洶、沒頭沒腦！她不就是一個這樣的人嗎？

那麼，她現在爲什麼煩惱？爲了掃墓？爲了老爸在地下覺得不高興？

我一方面覺得荒謬，但另一方面，卻又有些隱約地明白，因爲這一點明白，甚至有點感動。

我說：「媽，其實，妳沒有忘記過老爸對吧？」

到了這個年紀，經歷過人生許多風雨，我也漸漸能夠理解，老媽是怎樣的一個人了。

老爸的那句話，依稀猶在耳際。他說妳媽嘴巴壞，但心軟，是個刀子嘴豆腐心的人。

那時我嗤之以鼻，覺得老爸只是幫媽說話、安撫我的情緒。但或許事實眞是如此。

我媽是個行動走在思考前面的人，她不太擅長用感情和理性說話，所以當她碰到必須用言語解釋想法的狀況時，就會用暴跳如雷、大吼大叫、沒頭沒腦的態度表現。她的外表經常跟內心想的不一樣。

是，她確實是一個表裡不一的人。現實和感情，她分得很清楚。

她可能是我們家裡最早也最清楚感覺到，老爸已經不在的那個人。爲了適應現實，她不斷變化自己的心境。而年輕的我看似活在現實生活中，實際上心境卻轉變得很慢。

這麼多年來，我們的許多衝突，都源自於此。

我曾經覺得她無法適應現實，活在虛幻的世界裡，但如今回頭來看，她卻是最清楚自己要什麼的人，勇於追求，不爲過去束縛。

但這不是意味著她絕情。

我媽想了很久才回答我的問題，回得答非所問，她說：「有時候我會忽然想起過去的事，想起妳爸還在的時候，想起我們年輕的時候。有時候我會覺得自己還在讀大學，下了課，等著你爸爸來找我，我們去約會……你知道我們當年怎麼約會？我們去吃自助餐，那兩、三樣青菜，一塊豆腐，一人一顆滷蛋，飯和湯可以吃到飽……現在看過去的日子，那麼窮、那麼苦，但爲什麼當時我們都不覺得難過？那時候能一起吃飯就很高興，很快樂了。我經常覺得奇怪，搞不清楚爲什麼時間一下子就過了。有時候我會夢見你爸，在夢裡，他總是那麼年輕。但一覺醒來，早上洗臉的時候，對著鏡子，我看見自己，老了、滿臉皺紋、臉色發黃、滿頭白髮，又矮又醜，變成老太太了……那個說好要跟我一輩子過日子的人，怎麼放進罈子裡了？時間怎麼能過得這麼快，五年、十年，十五年，一轉眼就都過掉了。好奇怪，發生了什麼事，我覺得這一定是場夢。」

她說這話的時候，語氣平靜，沒有哭，沒有流淚，彷彿雲淡風輕，只是在說家常。

她問：「妳覺得，我現在去看妳爸爸，他會生氣嗎？」

我說：「不會，我覺得不會。」

媽問：「妳怎麼知道不會？」

我說：「我覺得，爸爸早就不在了。如果我的信仰屬實，世間眞有輪迴轉世，爸早就轉生了。妳算過嗎？他都過世十八年了。如果他轉世爲人，現在應該十八歲……」

我媽大吃一驚：「十八歲？」

我盡量詼諧地說：「是啊，如果他十八歲，正是血氣方剛、看到漂亮女生眼睛發直的時候，搞不好正在單戀或戀愛中。我覺得，他才不管妳再嫁十次八次呢，滿大街漂亮正妹，那個前世的歐巴桑老婆，愛怎樣就怎樣啦！」停頓一下，又說：「但情況也有可能完全反過來，搞不好他現在是十八歲的年輕女孩……」想到老爸可能擦脂抹粉穿短裙的樣子，我有點惡寒，小小抖了一下，說：「不管怎樣，他不會想要跟歐巴桑有所牽扯了。所以我覺得他不會在意，妳也別放在心上。我想啊，即使老爸沒轉世，地下有知，也一定能夠體諒妳的狀況。人活著，總得有所追求。如果他還在，你們一定會一起過下去。但他走了，妳有自己的日子要過。我覺得妳沒有對不起他。」

我媽猶豫地思索著。

我停頓一下又說：「當然啦，如果妳跟我去掃墓，忽然風強雨驟、雷電交加、閃電霹靂、五雷轟頂，那就表示他很介意，覺得自己戴了綠帽子，要跟妳算總帳……所以我覺得掃墓那天，我得跟妳保持距離，以策安全。」

老媽瞪我，說：「不要胡說八道！」

我們後來一起上山。在靈骨塔裡，在爸爸的靈前，我看見媽媽閉眼合十，無聲地喃喃默禱。那個瞬間雖然短暫，但四下闃靜，恍惚間，我不覺得自己站在淒涼的靈骨塔裡，不覺得自己面對著冷冰冰的骨灰罈。

走出靈骨塔的時候，天氣正好，陽光溫暖，塔前搭頂篷的小廣場上，熙熙攘攘地擠滿了掃墓的群眾。

我們站在側門口眺望山景，綠意環山，與文化大學遙遙相對。媽說：「妳爸爸最喜歡這座山，他在文化讀大學，那是他最好的時光。他捨不得離開這裡，走了，也選擇留在這裡。這裡風景眞好，我覺得，妳爸是滿足的。」

我笑了笑，開玩笑地說：「嗯，沒有五雷轟頂、沒有狂風驟雨，看來他是不怪妳了。」媽轉過臉來朝我皺著眉頭笑了笑，陽光落在她的臉上，紅撲撲地，她又恢復了從來那種理直氣壯、驕傲耍賴的語氣，她說：「妳爸才不會怪我呢！他心胸寬闊、願意包容人，可以依靠，他會尊重我做的任何決定，會支持我。他才不像妳，每天都小心眼，成天嘰嘰咕咕追著我唸，一點小事情都不放過。」

又來了！又要吵架了？我不甘示弱地想張嘴反擊，但就在那瞬間，心底忽然明白了什麼。

到了這個年紀，我漸漸也學會了凡事不要打破砂鍋追問到底。有些問題，可能一輩子放著，永遠不解決也沒有什麼大不了的。事實上，過了這麼多年，很多時候，我都已經忘了那是個問題。

就在幾年前，媽即將出發去澳洲結婚的那天晚上，她打電話來，把我狠狠削了一頓。數落我讓她蒙羞，讓她難以面對親朋，甚至把再婚、離開臺灣的責任，統統推到了我的身上。

她罵完就拍拍屁股走了，而我好幾個月氣血不順，每每想到都有嘔出一口老血的委屈和無奈。

事過境遷，想起此事，我總是不明白，爲什麼？爲什麼要責怪我？爲什麼都是我的錯？為什麼？為什麼要在她追求幸福的那個當口，把我臭罵一頓？

這個問題到後來已經不是問題，因為現實一直來、一直來，人生這麼多變化，我也沒辦法永遠糾結在原點不放。即使沒有答案，我也不太在意了。

可是，就在這瞬間，我得到了答案。

我想起游泳。

游泳的時候，總要伸腿蹬壁，藉著牆壁的反作用力，把自己向前推出去。腿蹬的力氣越大，前進的速度越快。

我忽然明白，在那一天、在那一刻、在那一通電話裡，我就是老媽的那堵泳池牆壁，她狠狠地蹬了我一腿，藉著力道，把自己推向未知。

媽不是無知幼童，即使言行幼稚，卻並不愚蠢。她豈會不知道，在那個關鍵的瞬間，每一個前進的決定都是冒險，但她必須選擇。相對於前進而言，退縮很容易，但如果要前近，她得給自己一個無可回頭的理由，才能孤注一擲，有力地走向未來。

以前在這個家裡，扮演這樣角色的人，總是我爸。但曾幾何時，不知不覺間，我竟扮演起老爸的角色，承受我媽的蹬腿，讓她衝出去。

是不是到了最後，我也成為了一堵牆？也許未必向老爸那樣堅實、可靠、毫不動搖，但已經可以承受被踹的力道，給予別人前進的力量。

我扭臉看了一眼老媽的側臉。長久以來，我總用「失控」「瘋狂」之類的形容詞描述她。我覺得，自己就像牽著一隻狂暴有力的駝鳥（或暴龍）在人生的道路上前行。她有時受挫，但更多時候，她放開腳步向前奔，扯得我在後追逐，甚至拖著我前行。我們一路又吵又鬧，拉拉扯扯地走到今天，翻山越嶺，峰迴路轉。

如果沒有老媽，我不可能走到這裡，也無法想像，人生有這樣的風景。生活從來沒有百分之百正確的一條路，但或許這是我們最好的一條路。

想到這裡，我忽然有點眼眶發熱。恍惚中，我爸含笑的模樣在腦海中浮現。但我沒有哭，我清清嗓子，故作無事，對天說：「喂，在上頭的那個，你看到沒有？你老婆……不，你前妻太過分了。你不能總是放任她這樣爲所欲爲，快來點打個雷閃個電，嚇唬嚇唬她吧！她越來越難搞了，你知道嗎？我也要老了，管不住她了！你不在之後，她都成了個老禍害了！」

老媽咧著嘴笑，有點得意的味道，她過來拉了拉我的手，「少胡說八道了！掃完了墓，我們下山去吃飯吧！」

我們在人潮中手拉著手下山。

碧空如洗，陽光燦爛。

Eurasian Publishing Group
圓神出版事業機構
用心與你對話・網野無限寬廣
圓神出版社
Eurasian Press

www.booklife.com.tw　　reader@mail.eurasian.com.tw

圓神文叢 234

我媽的異國婚姻

作　　者／陳名珉
插　　畫／許匡匡
發 行 人／簡志忠
出 版 者／圓神出版社有限公司
地　　址／台北市南京東路四段50號6樓之1
電　　話／（02）2579-6600・2579-8800・2570-3939
傳　　真／（02）2579-0338・2577-3220・2570-3636
總 編 輯／陳秋月
主　　編／吳靜怡
專案企畫／賴真真
責任編輯／吳靜怡
校　　對／吳靜怡・林振宏
美術編輯／潘大智
行銷企畫／詹怡慧
印務統籌／劉鳳剛・高榮祥
監　　印／高榮祥
排　　版／莊寶鈴
經 銷 商／叩應股份有限公司
郵撥帳號／18707239
法律顧問／圓神出版事業機構法律顧問　蕭雄淋律師
印　　刷／祥峰印刷廠
2018年6月　初版
2022年7月　5刷

定價 300 元　　ISBN 978-986-133-656-5
版權所有・翻印必究
◎本書如有缺頁、破損、裝訂錯誤，請寄回本公司調換
Printed in Taiwan

我慶幸有那樣一段記憶，因爲那晨光下的背影，至今仍然在許多時候——當我爲了芝麻綠豆小事低潮，或是觸景生情，忽然想起老爸的時候——安慰我的靈魂。我想，他是去了更好的地方。那裡陽光燦爛，花香美好。

——《我媽的異國婚姻》

◆ **很喜歡這本書，很想要分享**

圓神書活網線上提供團購優惠，
或洽讀者服務部 02-2579-6600。

◆ **美好生活的提案家，期待為您服務**

圓神書活網 www.Booklife.com.tw
非會員歡迎體驗優惠，會員獨享累計福利！

國家圖書館出版品預行編目資料

我媽的異國婚姻 / 陳名珉著. -- 初版. -- 臺北市 : 圓神, 2018.06
256 面；14.8×20.8公分 --（圓神文叢 ; 234）

ISBN 978-986-133-656-5（平裝）

855 107006543